KB154254

힘들 때 빛이 되는

내 마음의 램프

힘들 때 빛이 되는

내 마음의 램프

펴낸날 | 2018년 11월 25일 초판 1쇄 발행

지은이 | 제임스 앨런
옮긴이 | 김연희
사 진 | JeongJae Kim
펴낸이 | 김정재
펴낸곳 | 뜻이있는사람들

등록 | 제 2014-000229호
주소 | 경기도 고양시 일산서구 대산로 215(대화동) 연세프라자 303호
전화 | 031-914-6147
팩스 | 031-914-6148
이메일 | naraeyearim@naver.com

ISBN | 978-89-90629-48-7 03810

내 생애
가장 아름다운
날들을 위하여!

제임스 앨런 지음 | 김연희 옮김

맑은 생각은
맑은 습관을
만든다

힘들 때 빛이 되는

내 마음의 램프

뜻이있는사람들

글을 시작하며

내 길은 내가 개척한다

완전한
평온으로
인도하는
빛

이 책은 『The Heavenly Life』와 『Entering the Kingdom』의 합본으로 머무르지 않고 매 순간 넘어서는 지금의 당신에게 삶의 용기와 깨달음을 줄 것이다. 자신에게 주어진 인생을 오롯이 받아들이면서 도전하는 삶, 더불어 사는 삶, 마음이 치유되는 삶을 꿈의 노트에 써 내려가기를 바라며 '마음은 창조의 달인' 이라고 역설하였다.

당신은 좀 더 나은 인생을 영위하길 바라고 있는가? 인생을 근심없이 강하게 살길 바라는가? 혹은 마음을 고쳐 먹고 자신을 격려할 수 있는 동기를 바라고 있는가? 이제부터 내가 제시하는 힌트들이 당신에게 도움이 됐으면 한다. 또한 그로 인해 당신이 자신의 성격을 바람직하게 바꾸고 이상적인 성격으로 성장하거나 지금까지는 상상조차 할 수 없었던 행복한 인생을 실현할 수 있다면 더할 나위 없이 기쁠 것이다.

우리의 인생은 자신의 사고와 행동에 의해 만들어 진다. 다시 말해 행복할지 불행할지, 강할지 약할지, 죄가 깊을지 신성할지, 어리석을지 현명할지를 결정하는 것은 본인 스스로의 의지와 마음가짐에 달려 있다. 불행한 사람도 그 마음의 상태를 만들어 낸 것은 바로 본인이다. 주변의 상황에 반응한 것이 계기라 할지라도, 원인 자체는 본인 스스로에게 있는 것이지 주변상황은 진정한 원인이 아니다.

지금, 현재의 상태는 그 사람이 과거에 생각했던 것과 행했던 것, 그 사람이 지금 생각하고 있는 것과 행하고 있는 것의 결과에 지나지 않는다. 의지가 약한 사람은 자신의 약한 의지를 그대로 유지하고 있는 것이다. 죄가 깊은 사람은 자신이 저지른 용서받을 수 없는 행위, 지금 저지르고 있는 잘못된 행위에 의해 죄가 깊어지는 것이다. 어리석은 사람은 어리석은 행동을 하기 때문에 어리석어지는 것이다.

성격, 영혼, 인생은 자기 자신의 사고나 행동과 별개로 떼어내서 생각할 수는 없다. 오히려 사고나 행동이 어떤 것인가에 따라 그 사람이 어떤 사람인지가 결정된다. 다시 말해 사고와 행동을 바꾸면 그 사람 자체도 변한다. 인간은 의지의 힘으로 자신의 성격을 수정할 수 있다. 장인이 그저 통나무에 불과한 것을 아름다운 가구로 변화시키듯이 잘못을 저지른 죄 많은 사람이라 할지라도 현명하고 진리를 사랑하는 사람으로 변할 수 있는 것이다.

사람은 누구나 자신이 생각한 사고, 저지른 행동에 책임이 있다. 자신의 의식상태, 자신이 살아가고 있는 인생의 책임은 바로 본인에게 있다. 어떤 권력도, 어떤 사건도, 어떤 환경도, 사람을 악과 불행으로 끌어들일 수는 없다. 본인 스스로 악과 불행을 끌어들이고 있는 것이다. 사람은 누구나 자신이 결정한 대로 생각하고 행동한다. 그 어떤 위인이나 현자라 할지라도-아니, 설령 신이라 할지라도-타인을 선량하게 만들거나 행복하게 만들 수 없다. 그 사람 스스로 좋은 것을 선택하고 그로 인해 행복해질 수밖에 없다.

사람은 누구나 갈망한다면 선과 진신을 발견할 수 있다. 그리고 선과 진실 덕분에 더없는 기쁨과 평안을 얻을 수 있다. 그러므로 진리의 전당에는 영원한 기쁨이 가득 넘치고, 완성된 사람들은 성스러운 기쁨을 누리게 된다.

— 제임스 앨런

차례

제2부

인간은 강인함이
부족한 것이 아니라
의지가 부족하다.

Victor, Marie Hugo

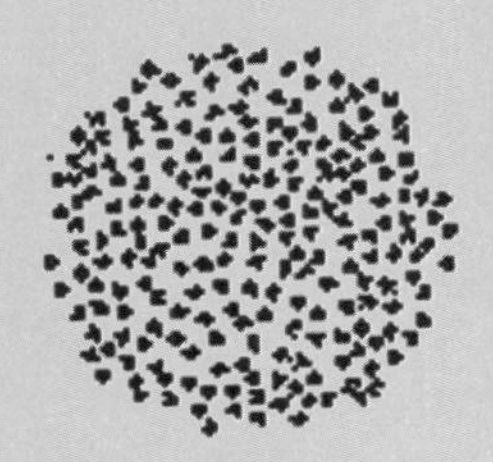

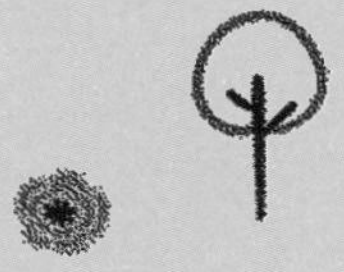

제1부

행복의 문을 여는 열쇠 1

The Heavenly Life

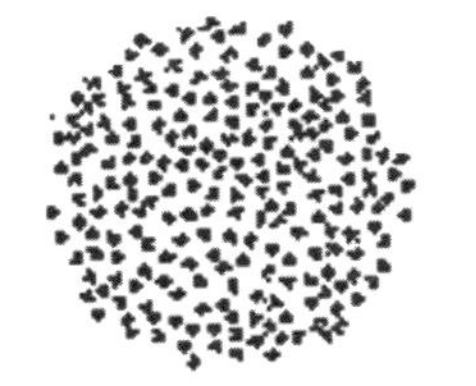

© Photographer JeongJae Kim

A wise man will make more opportunities than he finds.

현자는 기회를 찾기보다는 스스로 기회를 만든다.

Francis Bacon

당신 내면에 있는 행복의 비밀

당신은 강력한 자신감과 기쁨으로 가득한 영원의 안식을 지닌 풍요로운 인생을 영위할 수 있다. 그러나 그러기 위해서는 당신의 운명에 무한하고 눈부신 빛을 비춰줄 비밀의 법칙을 발견해야 한다.

단, 그것은 당신이 아닌 다른 사람에게서 발견하는 것이 아니다. 그 위대한 비밀의 법칙은 당신 자신의 마음속에서 끝없이 퍼져나가는 무한의 진실 속에서만 발견할 수 있다.

당신은 이 인생의 위대한 비밀의 법칙을 이해하고 항상 자신의 마음속에 있는 절대적인 진실과 함께 삶으로써 원래 자신과는 본질적으로 전혀 관계가 없는 모든 상황, 예를 들어 무언가를 요구하고자 언성을 높이는 일, 공허한 명성, 부질없는 언쟁 같은 것들로부터 해방될 수 있다.

당신 마음속에 있는 이기심은 당신 인생에 아무런 가치도 없는 것이다. 그런 이기심을 버림으로써 자신의 인생 속에 감춰져 있는 진실을 찾아내서 자기만의 위대한 인생을 영위할 수 있게 된다.

시간이 흘러도 변하지 않는 생사를 초월한 절대적인 진실의 법칙이 마음속에 존재하고 있다는 것을 깨닫는다면, 당신은 흐르는 세월의 거울에 비춰진 환영에 사로잡히지 않게 된다.

당신 마음속에 있는 절대적인 진실의 법칙은 세상의 모든 분쟁과 허식, 허영에 흔들리지 않는다. 그러므로 이 법칙을 확실히 이해하고 믿는다면 잡으려는 순간 사라져버리는 환영에 사로잡히는 일은 결코 일어나지 않는다.

거짓된 것과 환영에 불과한 것에 만족하지 않겠다고 결심했을 때, 당신은 그 결의로써 무한한 힘을 통해 온갖 환영을 털어버리고 인생의 본질을 진심으로 이해하고 진실된 삶을 살 수 있다.

다시 말해 당신은 어떻게 살 것인가를 배우고 올바른 삶을 살 수 있게 된다. 그리고 희로애락의 감정에 휘말리지 않고, 자기 착각 속에 빠지지도 않고, 잘못된 것에 열광하지도 않을 것이다.

당신은 자신의 마음속에 절대적인 진실의 법칙을 발견함으로써 평온을 되찾고, 강해지고, 현명해질 수 있다. 그리고 자신의 인생을 스스로 개척하면서 가장 행복한 인생을 영위할 수 있다.

자신의 내면세계에서 절대적인 진실의 법칙을 발견하게 된 순간 당신은 지금까지의 인생에서 저지른 모든 잘못에 대한 책임에서 해방된다. 몰려오는 파도가 백사장에 남겨진 발자국을 깨끗하게 씻어 주듯이 과거의 잘못은 말끔하게 청산된다. 그렇게 됐을 때, 과거의 잘못에 대해 후회하고 고통을 느끼거나 양심의 가책으로 인해 고통을 겪지 않아도 된다. 마음의 모든 것이 영원한 영혼의 평온으로 가득하기 때문이다. 후회라는 불길이 신체를 태워버리는 일도 없다. 그리고 지금까지 당신의 인생에서 모든 고통은 미래에 있어 아름다움과 가능성으로 가득한 인생의 꽃을 피우게 하는 씨앗이 된다.

더 이상 그 어떤 의혹 때문에 당신의 신념이 흔들리는 일도 없다. 어떤 곤란한 문제를 품고 있다고 할지라도 마음의 평온함이 사라지는 일은 결코 없을 것이다.

당신은 현재라는 영원한 '지금' 을 살고 있다. 그런 삶의 방식이 가져다주는 풍요로움은 당신의 머리 위에 구름 한 조각 없이 펼쳐진 창공과 같다. 그 창공은 슬픔으로 눈물을 흘리며 쓸쓸히 하늘을 올려다보는 사람들에게 시공을 초월한 조용하고 평온한 마음으로 지켜주며 맑고 밝은 빛을 내려줄 것이다.

진실의 법칙을 따라 살자

자신의 욕망에 만족하게 되면 기분이 좋아진다. 그러나 당신이 그 욕망을 채우기 위해 끊임없이 집착한다면 당신의 마음은 고뇌와 허무함으로 가득하게 될 것이다.

자신의 의지를 무조건적으로 관철시키며 사는 삶은 언뜻 보기에는 본인에게 가장 바람직한 삶의 방식처럼 여겨진다. 그러나 당신이 자기중심적인 생각을 관철시키기 위해 타인의 의견을 무시하게 된다면 상대는 굴욕과 슬픔을 맛보게 될 것이다.

그러나 지나친 욕망에 사로잡혀 실패를 하거나 자신의 생각을 무리해서 관철시키려다가 역으로 쓴잔을 맛보게 됐을 때, 당신은 절대적인 진실의 지혜를 만나 믿을 수 없을 만큼 풍요로운 생활을 영위할 준비를 갖추게 되는 것이다. 왜냐하면 그런 고통스러운 경험을 맛보고 뛰어넘게 된 순간, 당신은 진정으로 당신이 추구해야 할 이상적인 삶을 선택할 수 있기 때문이다.

타인들의 행복을 바라지 않는 이기적인 마음을 초월함으로써 당신의 마음속에 있는 절대적인 진실의 법칙이 되살아나 흔해빠진 인생을 초월해서 지혜의 정상에서 빛을 발산할 수 있게 된다.

당신은 지금 시련을 겪고 있을지도 모른다. 그러나 그것을 두려워할 필요는 없다. 당신에게 주어진 모든 시련은 당신의 마음이 미숙하다는 것을 투영해주고 있을 뿐이다.

이 점을 깨닫는다면 당신이 겪고 있는 고통스러운 시련을 적극적인 기쁨으로 바꿀 수 있게 된다.

그리고 그 시련의 경험을 뛰어넘었을 때, 당신은 마음의 낙원으로 들어갈 수 있다.

당신이 인생에서 무언가를 배우려 할 때, 당신은 모든 불행과 맞서 싸울 수 있다. 그러나 모든 고통은 당신이 과거에 저지른 잘못이 눈에 보이는 형태로 나타나는 것뿐이다.

또한 불행이라는 것은 거의 가치가 없는 당신의 이기적인 마음을 투영한 것에 불과하다.

당신은 최고로 행복한 인생을 영위할 수 있다. 그러나 자신의 사리사욕에만 집착한다면 스스로 행복한 인생을 포기하는 것이 된다. 사리사욕에 대한 집착을 버리고 타인에 대한 질투심을 버리게 되면 꿈처럼 충만한 인생이 펼쳐지게 될 것이다.

그곳에는 환희로 넘쳐 흐르고 있다.
모든 갈증을 해소해주고
시들지 않는 꽃이 피어 있다.
기쁨으로 가득한 모든 길을 뒤덮듯이
얼마 뒤에 평온의 시간이 찾아올 것이다.

-에드윈 아놀드(Edwin Arnold, 1832-1904. '아시아의 빛' 에서)

당신이 자신을 해방시키고 영광스러운 인생을 살아가기 위해서는 대가를 치루지 않으면 안 된다.

그 대가란 사리사욕과 자신을 우선으로 하는 의식을 버리는 것, 다시 말해 이기심을 버리는 것이다.

그러면 마음속의 조화가 흐트러지지 않고 영원의 기쁨을 찾아낼 수 있을 것이다.

당신은 어떤 인생이든지 선택할 수 있다

인생은 멜로디의 일부가 아니라 음악의 전체이다.
인생은 일시적인 휴식이 아니라 영원의 안식이다.
인생은 주어진 임무가 아니라 해내야 하는 사명이다.
인생은 강제적인 노동이 아니라 삶의 기쁨이다.
인생은 찰나의 쾌락이 아니라 최고의 행복이다.
인생은 부와 지위와 명성이 아니라 풍요로운 지식, 성과 결의이다.

깨끗한 정신을 잃어버린 사람에게는 깨끗한 정신이 있다는 것을 일깨워주자. 그러면 그 사람들은 깨끗한 정신을 되찾게 될 것이다.
자신의 나약함으로 고민하고 있는 사람들에게 내적 힘의 존재를 일깨워주자. 그러면 그 사람들은 자기 자신의 진정한 강인함을 발견할 것이다.
진실을 몰라 헤매는 사람들에게 지혜에 대해 말해주자. 그러면 그 사람들은 진정한 현명함이 무엇인지를 깨닫게 될 것이다.

모든 가능성은 당신 자신 속에 감춰져 있다. 그리고 당신은 무엇이든 선택할 자유가 있다. 오늘은 비록 진실을 깨닫지 못해서 선택을 하지 못했다고 하더라도 내일은 당신의 지혜로 올바른 삶의 방식을 선택할 수 있다.

당신은 자신을 해방하는 인생을 실현하기 위해 노력해야 한다. 사람은 누구나 자신의 인생에서 도망칠 수 없다. 또한 자기 자신의 영혼에 대한 책임을 타인에게 전가할 수도 없다.

평온하게 살 수 있는 집을 바라고 있는 사람이 토지만을 준비하고 "이곳에 집을 세울 수 있게 해주십시오"라며 끝없이 기도만 올린다면, 당신은 이 사람을 어떻게 여기겠는가? 어리석은 사람이라고 생각할 것이다.

반면에 토지를 사고 건축가에게 건축을 의뢰하는 사람은 현명하다고 여길 것이다.

자신의 마음속에 정신적인 집을 세우는 것과 현실 속에서 집을 짓는 것은 전혀 다르지 않다.

벽돌을 하나씩 쌓아 올림으로써 성실한 사고가 축적되고 보다 나은 행동의 반복을 통해 최고로 아름다운 인생 습관을 건실한 토대로 삼는다면, 아름답고 우아하며 균형이 잡힌 장엄한 건축물이 세워질 것이다.

영원한 진실을 깨닫기 위해 필요한 것은 변덕스러움과 천부적인 재능과 불공평이 아니라, 성실하고 사려 깊고 활력 넘치는 노력이다.

우리의 내면에 존재하는 영혼은 강하고, 현명하며, 아름답다.
신과 마찬가지로 힘이란 씨앗은 우리의 내면에 잠재되어 있다.
만약 당신이 진심으로 바란다면
당신은 음유시인도, 성자도, 영웅도
그리고 신이 될 수도 있을 것이다.

-매튜 아놀드(Matthew Arnold, 1822.12.24~1888.4.15, 영국 시인.)

행복은 당신의 내면에서만 발견할 수 있다

●

당신의 영혼은 우주의 진리와 일체이다. 이 우주의 진리를 깨닫는 순간, 당신은 모든 것을 해낼 수 있는 힘을 발견할 수 있다. 그리고 모든 것을 있는 그대로의 모습으로 바라볼 수 있는 지혜를 얻을 수도 있다.

그곳에는 우주의 영원한 조화를 표현하는 음악이 천천히 흐르고 있어, 당신은 무수한 별들에 둘러싸여 거룩할 정도의 평안을 누릴 수 있게 된다.

당신은 마음속에서 행복을 발견할 수 있다. 그러기 위해서는 불협화음을 발산하는 욕망과 잘못된 사고, 추한 습관과 행동을 모두 버려야 한다. 그러면 당신의 내면에서 진정한 매력과 아름다움과 조화를 발견할 수 있을 것이다.

당신 자신의 내면에 있는 진리를 추구하지 않는 한 진정한 안녕과 만족을 얻을 수 없다. 당신 스스로 올바른 행동을 하지 않는 한 진정한 기쁨은 맛볼 수 없는 것이다. 그러나 마음속으로 진정한 기쁨을 얻게 된다면 당신의 실생활 속에서 기쁨이 넘쳐 흐르게 될 것이다.

당신이 마음의 평온함을 바란다면 평화의 정신을 가지고 사는 삶을 선택할 것이다.

진실된 사랑을 찾길 바란다면 아무 조건 없는 사랑의 정신 속에서 살아야 한다.

고통에서 벗어나고 싶다면 타인을 고통스럽게 하는 행동을 멈춰야 한다.

만약 당신이 인류를 위해 숭고한 업적을 남기고 싶다면 본인 스스로에게 잔혹한 행위를 해서는 안 된다.

당신이 자신의 영혼이라는 광맥을 찾아 여행을 한다면 자신의 진정한 열망을 이루어줄 수 있는 광맥을 발견할 수 있다. 그리고 그것을 안전하게 채굴할 수 있는 확고한 암반 또한 그 광맥 속에 있다는 것을 깨달을 수 있을 것이다.

세상을 바로잡으려고 아무리 노력을 한다 할지라도 자기 스스로를 바로잡지 않는 한 결코 세상을 바꿀 수는 없다.

순수하기 위해서는 타인에게 설교를 하는 것만으로는 충분하지 않으며 스스로의 욕망을 억제해야 한다.

사랑하기 위해서는 사랑을 열심히 권하는 것만으로는 불충분하며 스스로 아낌없이 버려야 한다.

이기심을 포기하기 위해서는 타인에게 그것을 장려하는 것만으로는 불충분하며 스스로 이기심을 버려야 한다.

진정으로 아름다운 인생을 살기 위해서는 교언영색만으로는 불충분하며 실제로 진실된 삶을 살아야 한다.

만약 당신이 과거의 잘못에 대한 무게를 더 이상 견딜 수 없다고 느꼈다면 당신 마음속 깊은 곳에 있는 절대적인 진실을 찾아라. 그러면 당신의 고통은 사라질 것이다.

만약 당신이 지금까지 쌓아온 사고방식으로 인해 막다른 길에 이르렀다고 느꼈다면 책에서 읽은 것들을 잊어버리고, 당신 마음속에 고정된 사고와 신념과 철학에서 벗어나 있는 그대로의 모습을 되돌아보자. 그러면 마음의 외부세계에서 아무리 찾으려 해도 찾지 못했던 것, 다시 말해 당신 내면에 잠재되어 있는 절대적인 진실과 접할 수 있을 것이다.

당신 스스로 내면의 위대한 영혼이 존재하고 있다는 것을 깨닫는 순간 더 이상 다른 특별한 존재를 찾아 헤맬 필요가 없다. 그 순간 당신은 다른 사람을 배려하는 마음으로 가득해져 절대적인 진실을 이정표로 삼아 최고로 행복하고 올바른 인생을 영위할 수 있게 된다.

'지금' 이야말로 전부다

2

‘지금’ 이야말로 진실, 과거도 미래도 꿈이다

당신이 살아 있는 ‘지금’ 이야말로 유일한 진실이고 그 안에는 모든 시간이 포함돼 있다. 그것은 모든 시간을 포함하고 항상 존재하는 진리이다. ‘지금’ 이라는 시간은 과거도 미래도 필요 없다. ‘지금’ 은 영원히 영향력을 가지는 본질적인 것이다.

모든 순간도, 어떤 날도, 어떤 세월도, 지나간 순간에 꿈이 되어 흐릿해져 버린다. 거기에 남아 있는 것은 더 이상 실체가 아니라 기억 속에 각인된 환영의 광경에 불과하다.

과거와 미래는 꿈과 같은 것이다. ‘지금’ 만이 유일한 현실이다. 모든 것은 현재라는 시간 속에서만 존재한다. 모든 힘, 모든 가능성, 모든 행동은 지금의 것이다. 지금 행동하여 이루고자 하지 않는다면, 전혀 행동하지 않고 아무것도 이루지 못하는 것과 마찬가지다.

‘그랬으면 좋았을 걸.’ 하고 과거에만 집착하거나, 혹은 ‘이런 일을 해보고 싶다.’ 라고 미래의 꿈만을 좇으며 살아봤자 아무 소용이 없다. 과거에 대한 후회, 미래에 대한 희망만 좇지 말고 지금 해야 할 일을 하고 당장 지금의 일에 전력을 다하라. 그것이야말로 당신에게 가장 잘 어울리는 삶의 방식이다.

과거와 미래에만 마음을 빼앗긴다면, 당신은 지금이라는 무엇과도 바꿀 수 없는 시간을 잃고 만다. 당신의 모든 가능성을 실현시켜줄 유일한 것은 지금이라는 시간뿐이다.

현실을 착각한 사람은 아마도 이렇게 말할 것이다.

"만약 저번 주, 저번 달, 혹은 작년에 이런 일을 했다면 현재 더 나은 상황이었을 텐데."

"내가 해야 할 일을 잘 알고 있지만, 그건 내일부터 할 생각이야."

이처럼 자신의 고집에 사로잡힌 사람은 '지금' 이 얼마나 소중하고 얼마나 풍성한 가치가 있는지를 이해하지 못한다. '과거도 미래도 실체가 없는 환영에 불과하다.' 라는 본질적인 사실을 깨닫지 못하는 것이다.

과거와 미래는 현재의 소극적인 투영에 불과하다. 그러므로 과거와 미래에 사는 것, 다시 말해 과거에 대한 후회와 미래에 대한 착각과 망상에 젖어 사는 것은 현실이라는 가장 중요한 인생의 시간을 놓치는 것이다.

지금이야말로 당신의 모든 것.

왜냐하면 당신에게는 확실하게 지금이 있기 때문이다.
신성한 천사처럼 지금을 당장 붙잡아라.
그러면 축복이 내릴 것이다.
현실의 모든 것은 지금 존재하고 있다.
그리고 결코 퇴색되지 않는다.
현실을 붙잡고 있는 손은
지금 그 영혼을 영원히 붙잡고 있다.

그렇다면 어떻게 이해할 것인지, 무엇을 해야 할 것인지,
당신은 왜 묻고 있는가?
과거와 미래는 하나다.
모두 다 '지금' 인 것이다.

-존 그린리프 휘티어(John Greenleaf Whittier. '종교 시', '내 영혼과 나')

모든 꿈은 지금 실현될 수 있다

●

당신은 지금 당신의 목표를 실현하기 위한 모든 힘을 가지고 있다. 그러나 당신이 그 사실을 깨닫지 못한다면, '내 목표가 내년에 완성될 수 있을까? 아니, 몇 년은 걸릴 거 같아. 어쩌면 평생이 가도 무리일지 몰라.' 라는 생각 때문에 그 목표를 포기하고 만다.

그러나 당신이 자신의 내면에 있는 절대적인 진리를 알고 있다면 이렇게 말할 것이다.

'나는 지금 아무 부족함도 없다. 완벽하다. 모든 것이 다 가능하다.'

그리고 모든 잘못을 피해 올바른 사고와 행동을 준수하고 과거와 미래에 집착하거나 흔들리지 않는다면, 당신은 언제나 행복하고 '지금은 은혜의 시기, 지금이야말로 구원의 날' (구약성서 '고린도의 신도에 보내는 편지 2' 6장 2절)이 되는 것이다.

스스로에게 이렇게 말해보자.

'나는 지금 나의 이상적인 세계에서 살겠다. 나는 지금 내 이상대로의 삶을 살겠다. 나는 나를 이상에서 멀어지게 하는 유혹에 귀를 기울이지 않고 내 이상의 목소리만을 듣겠다.'

이렇게 결심하고 산다면 당신은 언제나 진실과 함께 계속 전진할 수 있다.

씩씩하게 나아가자. 나는 열린 길을 간다.
앞으로는 행운을 바라지 않겠다. 이미 행운을 붙잡았으니까.
절대로 후회하지 않는다. 아무것도 필요 없다.
방 안에서 불평을 하거나 책속에만 파묻혀
장황한 불평을 늘어놓는 것은 이제 끝이다.
나는 강력하고, 충만하여 열린 길을 가겠다.

-월트 휘트먼(Walt Whitman, 1819~1892. '풀잎', '열린 길')

누군가에 의존하여 다른 길로 가는 것이 아니라, 혹은 과거와 미래라는 환영에 사로잡혀 구불구불한 샛길을 가는 것이 아니라 당신의 내면에 있는 절대적인 진실을 당장 실행하라. 그리고 지금, 당신 앞의 '열린 길'을 향해 가라.

목표 실현을 위해 행동해야 할 순간은 지금

당신은 이상과 목표를 지금 달성할 수 있다. 만약 불가능하다면 그것은 당신이 항상 실행을 미루고 있기 때문이다.

당신에게는 모든 것을 미룰 권한이 있지만, 그와 마찬가지로 언제나 이상을 달성할 힘도 가지고 있다. 이 진리를 깨닫는다면, 당신은 오늘 당장 당신이 꿈꾸던 이상적인 사람이 될 수 있다. 절대적인 진실을 바탕으로 삶을 살고자 한다면 과거의 모든 과오를 더 이상 생각하지 말아야 한다. 그러기 위해서 당신은 끊임없이 '지금' 만을 바라보며 살 필요가 있다. 그 이외의 방법으로는 불가능하다.

당신은 마음속으로 '내일은 더 깨끗하게 살겠다.' 라고 다짐하지 말고, '지금 당장 깨끗해지겠다.' 라고 다짐해야 한다.

지금 해야 할 일을 내일로 미루면 이미 늦다. 내일에 의존하고 도움을 기대하는 사람은 오늘이라는 날을 소중히 여기지 못해 항상 실패하고 말 것이다.

당신은 어제 실패하고 실수를 저질렀을지도 모른다. 그러나 자신의 잘못을 확실히 인식하였다면 깨끗이 잊고 되돌아보려 하지 마라. 그리고 지금부터 실패하지 않도록 조심하면 그만이다.

당신이 과거의 잘못을 한탄하고 있기만 한다면, 지금 또다시 잘못을 저지르게 된다. 그러므로 되돌릴 수 없는 과거를 한탄만 하고 있을 것이 아니라 현재의 자신을 고양시켜감으로써 새롭게 시작하면 그만이다.

진실의 법칙을 모르면 '지금 당장 노력한다.' 라는 잘 포장된 도로보다 '모든 것을 뒤로 미루는' 샛길을 선택하기 십상이다. 그리고 "내일은 일찍 일어나자. 내일은 밀린 것을 처리하자. 내일은 생각했던 것을 실행하자." 라고 말할 것이다.

그러나 당신은 '영원한 지금' 이라는 중대한 진리를 깨달음으로써 오늘 일찍 일어날 수 있고, 오늘 빚을 청산할 수 있다. 그리고 오늘 자신의 생각을 실행할 수 있다. 때문에 무한의 힘과 영원한 안녕, 무르익은 기회를 놓치지 않게 된다.

당신이 지금 이뤄낸 일은 현재에 존재하는 것이다. 그러나 내일 하려는 일은 지금은 아직 존재하지 않는다. 지금, 여기에 존재하지 않는 것에 신경을 쓰지 말고 현재 존재하고 있는 것에 마음을 집중하여 최선의 노력을 다하는 것이 현명하다. 그러면 후회라는 부정적 마음이 싹틀 여지가 없다.

마음속 망설임을 버려라

당신은 스스로 정신적인 망설임 때문에 자신의 존재에 대해 착각했을 때, 이렇게 말할지도 모른다.

"나는 어느 날 태어났고, 그로부터 꽤 오랜 세월이 흘렀다. 그리고 수명이 다한 뒤 죽으면 그만이다."

그러나 사람의 생사에 대한 생각은 환영에 불과하다. 모든 생명은 영원한 존재로 삶과 죽음이라는 표면적인 현상의 지배를 받는 것이 아니다.

이 사실을 깨닫는다면 삶도 죽음도 영원히 이어지는 여행 중의 극히 일부에 불과하고, 인생의 시작도 아니고 끝도 아니라는 것을 이해할 수 있을 것이다.

탄생의 기쁨만을 되돌아보고 죽음이라는 슬픔만을 바라보고 있으면, 당신의 눈은 흐려져 자신의 영혼이 불멸의 존재라는 사실을 볼 수 없게 된다.

또한 당신의 귀는 닫혀버려 이 세상에서 항상 존재하는 환희의 노래가 들리지 않게 된다.

그리고 당신의 마음은 굳어버려 심장의 고동소리도 안정적이고 활력 넘치는 소리를 낼 수 없게 된다.

우주는 지금 모든 것과 함께 존재하고 있다. 진실을 추구하는 사람이라면 손을 뻗어 무한한 지혜의 열매를 받아라! 욕심 때문에 타인과 싸우는 것, 이기적인 생각으로 한탄하며 슬퍼하는 것, 후회하며 시간을 허비하는 것을 멈추고 지금에 충실하며 살자.

지금, 행동하라. 그러면 당신은 목표를 달성할 수 있다.
지금을 살아라. 그러면 당신은 풍요로 가득할 것이다.
지금, 이상적인 모습을 취하라. 그러면 당신은 완성될 것이다.

우주의 진리는 단순하다

3

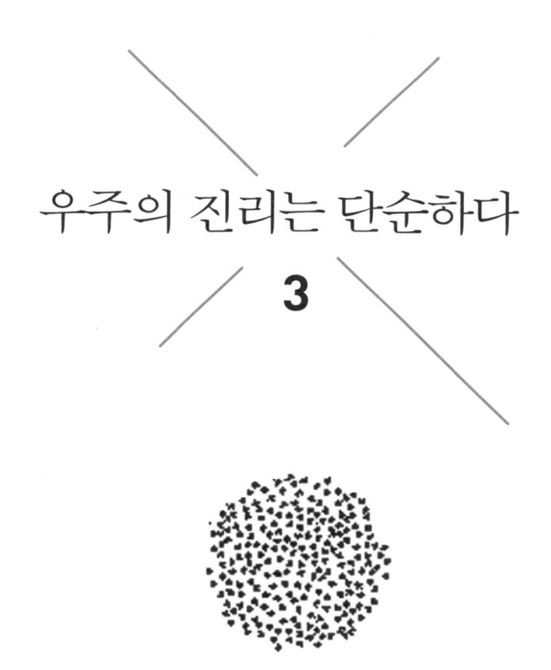

© Photographer JeongJae Kim

Vision is the art of seeing things invisible.

비전이란 보이지 않는 것을 보는 기술이다.

Jonathan Swift

모든 것의 본질은 단순하고 소박하다

우주도, 인생도, 모든 존재도 실제로는 단순하고 소박한 것이다. 복잡하게 보이는 이유는 있는 그대로의 모습을 모르기 때문이다.

중국의 사상가 노자가 말하는 '소박함'이란 겉모습이 아니라 있는 그대로의 우주를 표현하는 말이다.

사람은 자신의 착각으로 짜낸 그물망을 통해 세상을 보기 때문에 세상이 복잡하고 불가사의한 신비로움으로 가득해 보인다. 그 결과 스스로 만들어낸 미로 속에서 헤매고 만다.

당신이 이기심을 버린다면, 우주는 단순한 아름다움 속에 존재한다는 것을 알게 될 것이다.

'나'라고 하는 환영이 사라진다면, 당신은 '나'라는 의식에서 비롯되는 모든 착각에서 벗어날 수 있을 것이다.

그러면 당신은 '영아로 복귀(復歸於兒)'하고 '순수한 통나무로 복귀(復歸於樸)' 할 수 있다.('노자' 28장) 다시 말해 아이처럼 순수한 마음을 되찾고 소박한 삶을 살 수 있다.

이기심을 완전히 벗어나 자신이라 존재에 사로잡히지 않았을 때, 당신은 우주의 진리 모두를 있는 그대로 반영하는 거울이 될 수 있다. 그제야 비로소 당신은 눈을 뜨게 된다. 그리고 그때부터 당신은 착각이 아니라 현실 속에서 살 수 있게 될 것이다.

완벽한 우주의 진리

우주와 인생을 단편적인 것으로 생각하는 것은 잘못이다. 우주와 인생은 전체가 하나의 완벽한 존재이다. 그리고 완벽하다는 것은 단순하다는 것을 말한다.

전체를 잘게 나누고 각각의 부분만을 보면 전체는 알 수 없다. 그러나 전체를 보면 그 안에 포함되어 있는 전부를 이해할 수 있다.

당신이 '나' 라는 작은 틀을 벗어버리고 타인의 행복에 의식을 돌린다면, 당신은 우주의 진리 전체를 이해할 수 있을 것이다.

백색광을 프리즘으로 분해하면 온갖 색깔들을 분리해낼 수 있지만, 각각의 색깔로 분해되면 더 이상 백색광이 아니다.

당신이 각각의 색깔로 채색된 자신의 사고와 욕망 속에 갇혀 있지 않고 진실의 법칙 속에 스며들고자 한다면, 당신은 빛나는 지식의 백색광 속에서 빛을 발산할 수 있을 것이다.

완벽한 조화를 이룬 음악은 그 화음을 구성하는 각각의 소리는 알 수 없게 되지만, 그 조화 속에는 반드시 원래의 소리들이 포함되어 있다.

타인에 대해 배려하는 마음을 가지고 사람들 속에 스며들자. 그러면 당신은 우주의 완벽한 조화를 재현할 수 있다.

물방울은 한 방울 한 방울이 서로 섞여 구분할 수 없게 됨으로써 큰 바다를 만들어낸다.

이기심을 초월하여 모든 사람에 대한 무한한 사랑 속에서 살자. 그러면 당신은 영원한 위업을 달성하고 더없이 영원한 기쁨의 바닷속 하나의 물방울이 될 수 있다.

겉으로 보이는
환영과 내면의 진리

당신은 자신의 내면이 아니라 외면을 향하고 있어 주변의 복잡한 것들에 마음을 빼앗기고 있지는 않은가?

그렇다면 반대로 자신의 내면으로 눈을 돌려 그곳에 있는 단순한 것을 탐구할 필요가 있다. 자기 자신을 모르고는 우주에 대한 완전한 이해는 불가능하다.

자신의 내면을 깨달았을 때, 당신은 단순한 인생으로 가는 길을 시작할 수 있다. 다시 말해 외면이 아니라 내면으로 눈길을 돌리게 되는 것이다.

내면의 세계를 알게 됨에 따라 우주에 대해서도 알게 된다. 그리고 당신 자신이 우주와 하나라는 것을 이해할 수 있게 된다.

자신의 마음속에 숨어 있는 욕망, 탐욕, 분노, 고집을 버리지 못하는 사람은 진정한 것을 볼 수 없어 사실을 깨닫지 못한다. 그런 사람은 아무리 대학 공부를 하였다고 하더라도 '진실의 지혜' 에서는 열

등생에 머무를 것이다.

진실의 지식을 추구하는 사람은 자신 속에서 먼저 찾아야 한다. 당신이 자신의 죄라고 여기는 것은 당신 내면에는 없다. 그 죄는 당신 자신 속을 아무리 찾아 헤매도 절대로 찾을 수 없을 것이다. 그것은 정말로 존재하는 것이 아니라 당신이 집착하고 있는 환영에 불과하다. 그러한 것에 대한 집착을 버리면 죄의식은 당신의 마음속에 달라붙는 것을 포기할 것이다.

죄의식을 버리면 당신은 진실을 확실히 알게 될 것이다. 그리고 당신 자신이 불멸의 생명, 영원한 존재로서 우주의 진리 속에서 살고 있다는 것을 알게 될 것이다.

인생의 진리도 단순하다

자신의 내면에 있는 깨끗한 마음을 깨닫지 못한 사람은 깨끗하지 않은 쪽이 자신의 옳은 상태라고 착각하기 십상이다. 그로 인해 진정한 자신의 맑음을 잃게 된다.

그와 달리 자신이 맑은 존재라는 것을 알고 있는 사람은 맑은 인생을 영위할 수 있다. 그리고 진실을 덮어버리는 것에 현혹되지 않고 타인들 또한 원래는 깨끗한 존재라는 사실을 꿰뚫어 보게 된다.

마음이 깨끗한 사람은 매우 단순하고 맑기 때문에 논쟁할 필요도 없다. 그러나 맑지 못한 사람은 끝을 모르게 복잡하여 항상 자기변호를 위한 논쟁을 한다.

이와 마찬가지로 인생의 진리도 단순한 것으로 다른 무엇도 필요로 하지 않는다. 인생을 진리대로 살아가고 있다는 것을 증명할 유일한 수단은 완벽한 인생을 영위하는 것이다. 그러나 그 진리를 자신의 내면에서 찾지 못한다면 그러한 인생을 영위하는 것을 절대로 불가능하다.

진리를 발견한 사람은 동료와 함께 어울릴 때도 과묵하다. 진리는 단순하기 때문에 깨끗함과 마찬가지로 논쟁과 선전에서는 찾을 수가 없다. 그것은 오로지 행동에 의해서만 드러난다.

단순하다는 것이 어떤 것인지 제대로 알기 위해서는 당신의 손아귀에 쥐고 있는 전부를 놓아야 할 필요가 있다. 거대한 아치가 장엄하게 보이는 것은 그 아래 아무것도 없는 공간이 펼쳐져 있기 때문이다. 그와 마찬가지로 현명한 사람은 자신을 비움으로써 점점 더 강해지는 것이다.

단순해지면
모든 문제는 해결된다

당신이 단순해지면 안개가 낀 듯 어렴풋한 상태가 사라지고 모든 것을 선명하게 전망할 수 있게 된다. 내면의 절대적인 진실을 이해함으로써 보편적인 진실을 발견할 수 있게 된다.

내면의 절대적 진실을 깨달음으로써 모든 사람의 진심을 알 수 있게 되고, 그 사람들의 사고도 확실하게 알 수 있게 된다. 그때, 당신은 자신의 생각을 굳이 강조하지 않더라도 의식의 단순화를 어떻게 하는 것이 좋은지를 타인에게 전달할 수 있게 된다.

어떤 문제가 발생하더라도 마음속에 죄가 없는 사람은 고민할 필요가 없다. 만약 당신이 다툼에 휘말려 안정을 찾을 수 없는 상태라면, 당신 마음속의 진정한 자신을 다시 찾을 필요가 있다. 순수한 법칙을 발견했다면, 당신은 진실을 덮고 있는 베일을 두 갈래로 찢어버릴 수 있을 것이다. 그리고 완전한 인내, 평온, 끝없는 영광을 발견하게 될 것이다. 왜냐하면 순수한 법칙이란 단순한 것이기 때문이다.

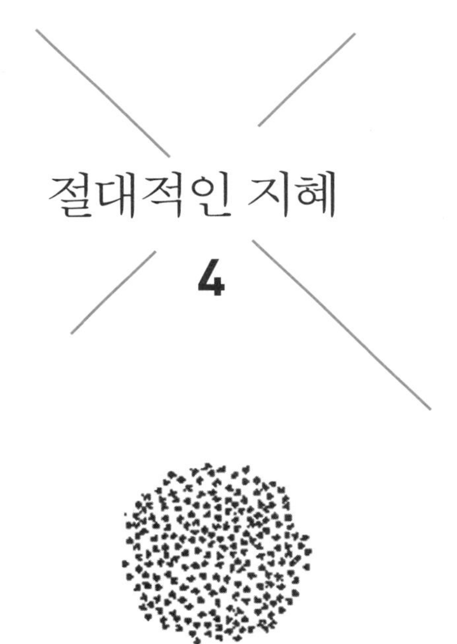
절대적인 지혜
4

ⓒ Photographer JeongJae Kim

Today is the first day of the rest of your life.

오늘이라는 날은 남은 인생의 첫 날이다.

Charles Dederich

당신의 본질은 외적 존재를 초월한다

당신의 본질은 자신의 육체, 주변의 상황과 환경, 타인의 의견 등 외부의 존재를 초월하는 존재다. 그것을 깨닫지 못한다면 확고한 자신감을 갖고 살아갈 수 없다.

또한 당신의 본질은 당신 자신의 욕망과 확신을 초월하는 것이다. 이 둘을 혼동하고 있다면 아직 현명하다고 할 수 없다.

당신의 소유물, 당신에게 불가결하고 본질적인 것인 것이라고 여기는 것이 있다면 그 소유물을 잃어버리게 되는 순간 모든 것을 잃었다는 느낌이 들 것이다.

주변의 상황과 결과에 따라 당신의 본질이 만들어진다고 생각한다면 환경이 바뀔 때마다 동요하게 될 것이다.

당신이 타인의 칭찬만을 바란다면 칭찬이 사라졌을 때 큰 불안과 고통을 느끼게 될 것이다.

당신의 진정한 면모는 이러한 외적인 존재와는 별개라는 것을 인식하고 자신의 내면에 있는 진정한 가치를 이해하는 것, 그것이야말로 진리가 인도하는 훌륭한 지혜인 것이다.

당신에게 그런 진리가 있다면 풍요롭든 가난하든 변함없이 행복할 수 있을 것이다.

풍요롭다고 해서 진정한 힘을 가질 수 있는 것이 아니고, 가난하다고 해서 차분함을 잃는 것도 아니다.

자신의 내면에서 부정을 제거한 사람은 재산의 유무와 관계없이 맑은 삶을 살 수 있다.

모든 것은 다 활용할 수 있다

당신은 마음의 외부에서 일어나는 일들의 노예가 돼서는 안 된다. 모든 일들은 당신이 활용할 수 있고 당신을 성장시켜주는 것들이라고 여기는 것이 중요하다. 그것이 진정한 지혜이다.

그러면 당신과 관련된 모든 일들은 훌륭한 것이 된다. 그리고 나쁜 것에 현혹되는 일 없이 나날이 더욱 현명해질 수 있다.

당신은 자신의 내면에 있는 무한한 지혜를 통해 모든 것을 활용할 수 있다. 설령 실패를 하더라도 곧바로 그 사실을 인지하고 되돌릴 수 있다. 우주를 구성하는 진리에는 결코 틀림이 없다는 사실을 깨닫는다면, 자신의 실패를 내적 지성을 고양시켜주는 것으로 받아들일 수 있다.

그러면 당신은 우주의 진리와 하나가 될 수 있다. 그리고 무슨 일이 일어나도 동요하는 일 없이 그것에서 배움을 얻을 수 있게 된다. 또한 타인에게 사랑받기를 바라지 않고 어떻게 하면 모든 사람에게 사랑을 전할 수 있을지를 생각하게 된다.

무슨 일이 일어나더라도 동요하지 말고 그 일에서 배워야 한다. 누구에게도 사랑받지 못하더라도 모든 사람을 사랑해야 한다. 이 진리는 항상 당신에게 행복을 가져다줄 것이다.

반대로 '나는 가르치는 입장이기 때문에 남에게 배울 것이 없다.'라고 생각하는 사람은 남에게서 배우지 못하는 것은 물론이고 그 누구도 가르칠 수 없다. 그리고 당연히 지혜를 얻을 수도 없을 것이다.

진정한 자신을 의지하자

당신은 마음의 강인함과 지혜, 힘과 지혜를 내면의 마음속에서 발견할 수 있다. 단, 그것을 이기심 속에서는 발견할 수 없다. 왜냐하면 그것은 우주의 진리를 존중하고 자발적으로 배워야만 발견할 수 있기 때문이다.

자신보다 훌륭한 지혜를 가진 사람에게 경의를 표하고 배워라. 또한 자신이 가르치고 있는 사람들로부터 칭찬을 받으려 해서는 안 된다. 이기심 때문에 비난을 받거나 주의를 받는 것을 꺼려하거나 경험을 통해 배우기를 싫어하는 사람은 실패를 반복하게 된다.

부처는 제자들에게 이렇게 가르쳤다.

스스로를 등불로 삼아 자신만을 의지하여 타인의 도움을 바라지 마라.

진리를 등불 삼아 진리만을 추구하라. 그 이외의 것에 의지해서는 안 된다.

그런 사람은 내 제자들 중에서 최고의 경지에 도달할 것이다!
단, 그러기 위해서는 배우기 위해 노력해야만 한다.
-불전('대반열반경' 2장 26절)

현명한 사람은 언제나 배움을 열망하지만, 타인에게 자신의 생각과 가르침을 강제하려고 하지 않는다. 왜냐하면 진정한 스승이란 각자의 마음속에 있고 본인 스스로 탐구하여 찾아내야만 한다는 것을 알고 있기 때문이다.

그러나 허영심의 지배를 받는 사람은 가르치는 것만을 열망하고 배우려 하지 않는다. 자기 내면의 목소리를 겸허하게 들으려 하는 사람에게는 지혜의 가르침을 주는 마음의 성스러운 스승이 있음에도 이를 발견하지 못했기 때문이다.

자기 내면의 진정한 자기를 의지하라. 그러나 이기심을 버리고 모든 사람에게 행복을 전하고자 하는 마음을 가져야 한다.

사람은 누구나 어리석음과 지혜, 장점과 단점 양쪽 모두를 반드시 가지고 있다. 본질적으로 그것은 자신을 둘러싼 환경에 있는 것도 아니고, 그 환경에서 비롯되는 것도 아니다. 그 사람 자신의 마음이 만들어내고 있는 것이다.

사람은 누군가에 의존하고 있으면 자신을 고양시킬 수 없다. 스스로의 의사와 노력으로 성장할 수밖에 없다. 사람은 누군가에게 의존하면 스스로 곤란을 이겨낼 수 없다. 본인 스스로의 힘으로 이겨낼 수밖에 없는 것이다. 당신은 타인에게서 배울 수 있지만 완성시키는 것은 자신의 몫이다.

자신의 외부에서 의지할 대상을 찾지 말고 내면의 진리에 의지하여 살자. 아무리 좋은 가르침을 듣더라도 자신의 내면에 유혹을 뿌리칠 수 있는 지식이 없다면, 유혹을 받았을 때 이겨낼 수 없다. 재난이 닥쳤을 때, 머릿속에서 조합된 철학은 아무런 도움도 되지 않는 것을 잘 알 것이다. 그때는 자신의 내면에 불행을 끝내기 위한 지혜가 있어야만 한다.

우주의 진리는 당신 속에 있다

●

어떤 훌륭한 가르침이 있다고 하더라도 그 가르침 자체가 목적은 아니다. 지혜를 얻기 위한 가르침을 알고 있다고 하더라도 그것만으로 지혜가 자신의 것이 될 수 없다.

당신은 항상 순수한 사고방식과 올바른 행동을 실천하는 것, 다시 말해 자신의 의식과 마음을 아름답고, 사랑스럽고, 진실한 것과 조화를 이루게 함으로써 우주의 무한한 진리를 발견할 수 있다.

당신이 자신의 본질을 깨달을 수 있다면 반드시 진리를 찾아낼 수 있다. 필요한 것은 자신이 강하고 현명해지기 위해 지금의 상황을 활용하며 살아가는 것이다.

자신의 신상에 좋은 일만 일어나기를 바라고 나쁜 일이 일어나는 것을 두려워하는 것은 이제 그만하자. 지금 당장 본인이 해야 할 모든 일을 성실하게 기쁜 마음으로 최선을 다하고, 눈앞의 작은 쾌락만을 좇지 말고 강력하고 순수하고 충실한 인생을 살아가자. 그러면 당신은 우주의 진리를 확실히 깨달을 수 있을 것이다.

당신은 의무도 이상도 없는 상황에 있었던 적이 없다.
지금 이곳 이외에 그 어디에도 당신의 이상적인 장소는 없다.
여기서 그것을 실현하라. 일하고, 믿고, 살면서 자유로워져라.
이상은 당신의 마음속에 있고, 장해 또한 당신의 몸속에 있다.
당신 앞을 가로막는 조건은
당신이 이상을 추구하기 때문에 만들어진 것이 불과하다.
그것이 어떤 것이든
영웅적인 것이든 시적인 것이든 신경 쓰지 마라.
아아, 현실이라는 감옥에 갇혀 한탄하고 있는 그대여,
하느님의 왕국에 들어가기 위해 울며 기원하는 그대여,
진리에 대한 이 사실을 깨달아라.
당신이 바라고 있는 것은 지금 여기, 당신 안에 이미 존재한다.
그리고 당신만이 그것을 발견할 수 있다!

-토머스 칼라일(Thomas Carlyle, 1795.12.4~ 1881.2.5. 영국의 사상가 · 역사가)

맑고 아름다운 것은 이미 당신 안에 있는 것이지, 이웃의 재산 안에 있는 것이 아니다. 당신은 가난한 것일까? 만약 당신이 결핍에 지고 만다면 정말로 가난한 것이다!

당신은 재난을 경험하였는가? 만약 당신이 그로 인해 괴로워하고 있다면 재난을 치유할 수 있겠는가? 울며 슬퍼하고 있다고 깨진 꽃병이 원래로 돌아오겠는가? 탄식만 하고 있다면 잃어버린 기쁨을 되찾을 수 있겠는가?

우주의 진리를 접하는 것만으로도 당신이 품고 있는 모든 나쁜 것은 사라지게 된다. 당신은 과거에 있었던 일, 지금 일어난 일, 미래에 일어날 일에 대하여 한탄하며 슬퍼하지 말고 그 안에서 언제라도 무한한 행복을 발견해야 한다. 당신은 모든 일에서 진리의 지혜를 얻을 수 있다.

당신을 이루고 있는 것은 당신 자신이다

당신의 내면에 있는 두려움은 이기심의 투영에 불과하다. 타인을 사랑하는 지혜가 있는 곳에 두려움이란 없다. 의심, 걱정, 고민 등은 이기심에서 비롯되는 실체가 없는 그림자로 영혼이 맑고 높은 곳에 이른 사람은 더 이상 그런 것들로 괴로워하지 않는다. 내적 진리의 법칙을 이해한다면 탄식과 슬픔으로부터 영원히 벗어날 수 있다.

당신이 우주의 진리를 이해하였을 때, 인생의 최고 법칙을 발견할 수 있다. 그 법칙은 불멸의 사랑이다. 그리고 당신은 그 사랑으로 감싸여 있다. 그리고 모든 사람을 사랑하고 모든 증오와 어리석음으로부터 해방된다. 그러면 당신의 인생은 사랑의 보호를 받게 된다.

자신의 힘을 봉사를 위해 쓰는 사람은 행복하고 더없는 기쁨 속에서 살 수 있다.

"나 자신을 만들어내는 것은 나 자신이다." 이 말을 반드시 머릿속에 새겨두자. 당신 스스로가 당신 자신을 설 수 있게도 하고 쓰러뜨릴 수도 있는 것이다.

만약 당신이 인생의 노예가 되기를 바란다면 당신은 노예가 될 것이다. 만약 당신이 인생의 주인이 되기를 바란다면 당신은 주인이 될 것이다.

만약 동물적 본능과 자신의 착각을 토대로 인생을 건설하려 한다면, 그것은 사상누각에 불과하다. 그러나 올바른 행위, 올바른 사고를 토대로 한다면 바람이 불거나 파도가 밀려와도 당신의 굳건한 인생은 결코 흔들리지 않는다. 그리고 위급 상황이 발생하더라도 항상 절대적이고 확실한 지혜를 가지게 되어 차분함을 유지할 수 있다.

훌륭한 행동이라는 수확물을 해마다 비축하라.
그것은 왕도 도둑도 훔쳐갈 수 없는 재산이다.
당신이 '모든 게 다 내 것이다.' 라고 주장할 때,
선함도 기쁨도 명예도 잃게 된다.
당신의 선행 속에 그 모든 것이 지켜질 것이다.

-존 그린리프 휘티어('종교 시', '보물을 비축하라')

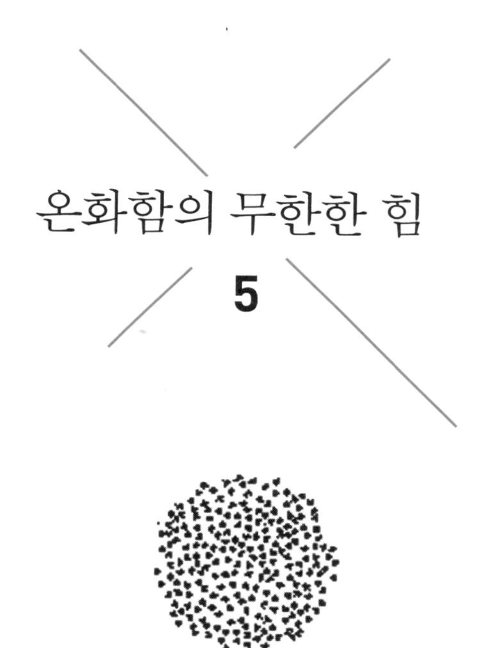

온화함의 무한한 힘

5

ⓒ Photographer JeongJae Kim

We aim above the mark to hit the mark.

성공하고 싶다면 남보다 더 노력해야 한다.

Ralph Waldo Emerson

온화함의 가치

산은 아무리 큰 폭풍우가 불어와도 굴하지 않고 산에 사는 새들과 어린 양을 지켜준다. 또한 어떤 사람이 산을 오르더라도 보호해주며 풍요로운 품으로 감싸준다.

온화한 사람도 이와 마찬가지다. 그 어떤 것에도 흔들리거나 고민하지 않고 약한 사람들을 가엽게 여기며 그들을 지키기 위해 배려한다. 설령 미움을 살지라도 모든 사람의 삶을 높여주고 사랑으로 지켜준다.

산의 고요한 힘이 빛인 것처럼 온화한 사람의 고요한 조신함 또한 빛이다. 산의 모습과 마찬가지로 그 사람의 동정은 광대하고 장엄한 것이다. 산의 기슭처럼 그 사람의 육체는 계곡과 안개 속에 감춰져 있다. 그러나 그 사람의 영광은 구름을 뚫고 고요히 빛을 발하고 침묵 속에 영원히 살 것이다.

온화함의 본질을 깨달은 사람은 우주의 진리를 발견한 것이다. 그 사람은 우주의 무한한 지혜를 이해하고 자신 또한 그것과 하나라는 것을 알고 있다. 그리고 그런 사람은 타인 또한 우주의 진리와 함께 한다고 여긴다. 하지만 타인들은 그 사실을 모르고 잠든 채 꿈을 꾸고 있는 상태이다.

온화함은 우주의 진리이기 때문에 완벽한 힘을 발휘한다. 온화한 사람은 굳이 저항하지 않음으로써 승리를 얻을 수 있다. 상대에게 승리를 양보함으로써 오히려 최고의 승리를 거두는 것이다.

힘으로 타인을 정복하는 사람은 분명 완력이 강할지도 모른다. 그러나 온화함에 의해 자신을 조절하는 사람과는 견줄 수가 없다. 힘으로 타인을 정복하는 사람은 자신 또한 그렇게 정복되고 말 것이다. 그러나 온화함에 의해 자신을 조정하는 사람은 결코 쓰러지지 않는다. 왜냐하면 사람의 힘은 진리의 힘을 이길 수 없기 때문이다. 온화한 사람은 타인에게 승리를 양보함으로써 항상 최고의 승리를 거두는 것이다.

사라지지 않는 평화와 너그러움의 영광

온화함은 진실을 알고 있는 사람이 소유하고 있는 힘이다. 진실은 결코 파괴되지 않는다. 파괴되는 것은 진실이 아닌 것뿐이다. 자신의 내면에 있는 절대적인 진실을 찾아 그 진실 안으로 들어가면 온화함을 유지할 수 있다. 그러면 어둠은 그 어떤 힘으로도 당신에게 상처를 입힐 수 없어 포기하고 물러설 것이다.

온화한 사람인지 아닌지는 시련을 통해 알 수 있다. 남들이 모두 쓰러질 때도 그 사람은 서 있을 수 있다. 강한 인내심은 타인의 어리석은 감정에 의해 무너지지 않는다. 그런 감정이 닥쳤을 때도 온화한 사람은 '다투지도 않고 소리 지르지도 않는다.' (신약성서 '마태오 복음' 12장 19절)

온화한 사람은 모든 악이 완전히 무력하다는 것을 알고 있고 자신의 내면에서 그것을 극복하고 있다. 그리고 변함 없는 강인함으로 우주의 진리와 함께 살아간다.

온화함은 모든 것의 중심에 있는 사랑의 작용 중 하나이다. 그러므로 그것은 불멸한 것의 상징이다. 당신이 온화하게 살아간다면 두려움 없이 최고의 지혜를 깨닫게 될 것이다. 그리고 그 지혜가 없는 사람을 거느리게 된다.

온화한 사람은 어둠 속에서 빛나며 아무도 모르게 번영을 누린다. 온화함은 스스로 자만하지도 않고 돋보이지도 못하기 때문에 인기를 얻지는 못한다. 그러나 그것은 꾸준히 실천된다.

그리고 온화함은 마음의 눈을 가진 사람만이 볼 수 있는 것이다. 정신적으로 자각하지 못한 사람에게 온화함은 보이지 않고 타인을 사랑하는 일도 불가능하다. 왜냐하면 겉모습에만 현혹되었기 때문이다.

역사는 온화한 사람에 대하여 기술하지 않는다. 역사상의 영광이란 평화와 너그러움의 영광이다. 역사는 이러한 행위에 대하여 기록하지 않고 힘으로 이룩한 것만을 기술한다.

설령 온화한 사람이 알려지지 않은 채 살았다고 하더라도 그 영광이 사라지지는 않는다. 빛이 있다면 저절로 알려지기 마련이다. 온화한 사람은 이 세상을 떠난 뒤에도 계속해서 빛을 발산한다. 그리고 그 사람을 직접적으로 알지 못하는 사람들로부터도 계속해서 깊은 존경을 받는다.

온화함이란 싸우지 않고 승리하는 것

온화한 사람은 자신이 경시당하거나 매도당하고, 오해를 받는 경우에도 '그다지 큰일이 아니니 고민할 필요도 없고 보복할 필요도 없어.' 라고 생각한다. 온화한 사람은 공격에 대하여 무모하게 대항하는 것이 가장 효과가 없는 방법이라는 것을 잘 알고 있다.

그러므로 자신에게 불쾌함을 주는 사람에게는 반대로 멋지게 되돌려줌으로써 그 사람의 마음을 사로잡는 것이다.

반대로 타인에게 상처를 입었다고 원한을 품는 사람, 자신을 상처를 준 사람에게 자신을 정당화시키고 자기 방어를 하려고 하는 사람은 온화함이 가진 진정한 힘을 이해하지 못하고 있는 셈이다. 이런 사람은 인생의 본질과 인생의 의미를 이해하지 못한 것이다.

저 사람은 나를 매도했다. 저 사람은 나를 공격했다. 저 사람은 나를 이겼다. 저 사람은 내게서 빼앗아갔다. 이러한 생각을 마음에 품고 있는 사람에게는 결코 증오가 끊이지 않을 것이다. 왜냐하면 증오 때문에 증오를 멈추는 것이 절대로 불가능하기 때문이다. 증오는 사랑에 의해서만 끝이 난다.

-불전('법구경' 제1장)

타인이 당신에 대하여 옳지 않은 말을 하였는가? 그런데, 그게 어떻다는 말인가? 사실과 다른 이야기가 과연 당신에게 상처를 줄 수 있을까?

잘못은 잘못이고, 그것으로 끝이다. 잘못에는 상처를 입힐 아무런 힘도 없다. 그로 인해 상처를 받는 것은 잘못에 의해 상처를 입는 것을 스스로 인정하는 사람뿐이다.

타인이 당신에 대하여 옳지 않은 말을 하더라도 당신에게는 아무런 상관이 없는 일이다. 그러나 옳지 않은 말을 한 사람에게 저항을 하거나 자신을 정당화하려고 한다면, 당신은 그것과 관계를 맺게 되는 것이다. 저항을 함으로써 당신은 타인의 잘못된 주장에 의미를 부여하고 마는 것이다. 그리고 당신은 상처를 입고 괴로워하게 된다.

당신의 마음속에서 사악한 마음을 제거해버리자. 그러면 타인의 마음속에 있는 사악한 것에 굳이 저항하는 것이 어리석다는 것을 깨닫게 될 것이다.

당신은 자신이 학대를 당할 것이라고 생각하는가? 만약 그렇게 생각하고 있다면, 당신은 이미 학대를 받고 있는 것이다. 당신이 타인에게 당하고 있다고 여기는 위해는 사실 당신 자신이 만들어낸 것이다.

타인의 잘못된 사고, 잘못된 말, 잘못된 행동은 당신에게 상처를 줄 힘이 없다. 그러나 당신이 감정적으로 저항하면 그것은 활기를 띠게 되고, 당신은 마음속으로 그것을 받아들이고 만다. 그러면 당신은 상처를 받게 되는 것이다.

만약 누군가가 당신을 모략했다고 하더라도 그것은 그 사람의 문제이지 당신의 문제가 아니다. 당신은 자신의 마음에 대하여 대처하면 그만이지 타인의 모략에 대처할 필요는 없다.

설령 전 세계가 당신을 오해하고 있다고 하더라도 그것이 당신을 실제로 폄하할 수는 없다. 그럴 때 당신이 해야 할 일은 마음속에 밝음과 사랑을 품는 것이다.

세상 사람들이 자신을 정당화시키는 것을 멈추지 않는다면 다툼은 끝나지 않을 것이다.

전쟁을 멈추고자 한다면 모든 진영의 변호를 멈춰야 하고 자기 자신을 옹호하는 일조차 멈춰야 한다. 전쟁에 의해 평화가 유지될 수는 없다. 전쟁을 멈추는 것만이 평화를 가져다 준다.

이렇게 온화한 사람은 그 온화함으로써 힘이 있는 사람을 정복하는 것이다. 그러나 온화하다고 하는 것은 상대의 노예가 되는 것은 아니다. 온화한 사람은 마음속에 정신적인 온화함을 품고 있고 그것을 통해 마음이 해방된 것이다.

우주의 진리는 온화한 사람을 지킨다

온화한 사람은 자신의 권리를 주장하지 않기 때문에 자신을 방어하거나 자신을 정당화하기 위한 번거로움도 없다. 사랑으로 살고 있기 때문에 우주의 영원한 법칙인 '무한한 사랑'으로써 튼튼하게 자신을 지키고 있다.

온화한 사람은 자신을 위해 무언가를 요구하거나 바라지 않는다. 덕분에 모든 것이 그의 품으로 찾아든다. 그리고 우주의 모든 것이 그를 지키고 보호해준다.

"나는 온화해지려고 했지만, 마음대로 되지 않았습니다."라고 하는 사람은 실제로는 온화해지려 하지 않은 것이다. 온화해지기 위해서는 시험 삼아 조금 해보려는 정도로는 되지 않는다. 그것은 사심을 버림으로써 얻을 수 있는 것이다.

당신이 진정으로 온화해지기 위해서는 행동뿐만이 아니라 생각으로써도 저항하지 않는 것이 필요하다. 이기심, 비난, 보복을 마음속에 품지 말아야 한다.

온화한 사람은 증오와 사악함과 허영심을 초월하여 살고 있기 때문에 화를 내거나 감정을 상하는 일이 없다. 온화함을 유지하면 결코 실패하지 않는다.

당신이 진실을 바탕으로 인생을 살고자 한다면 온화한 사람이 되고자 노력해야 할 것이다.

일상의 참을성, 인내심을 높이자. 남을 불쾌하게 하는 언행을 삼가자.

이기적인 주장을 하지 말고 자신이 저지른 과거의 잘못을 계속해서 후회하는 일을 멈추자.

그렇게 삶으로써 당신의 마음은 온화함이라는 순수하고 섬세하고 가련한 꽃을 조심스럽게 지켜보면서 키워나갈 수 있다. 그리 하면 결국 사랑스럽고 순수하며 넋을 놓고 바라볼 정도로 아름다운 꽃을 피우게 된다. 그때 당신의 인생은 온화하고 즐겁고 어떤 곤란에도 굴하지 않는 강인한 것이 된다.

주변 상황과 상관없이 온화함을 유지하라

당신은 '내 주변에는 성질이 급하고 제멋대로인 사람들뿐이다.' 라고 불만을 느끼는 경우가 있을지도 모른다. 그러나 그럴 때는 자신의 미숙함을 확실히 알 수 있는 기회가 많다는 것을 기뻐해야 한다.

그런 환경 덕분에 지금 이상으로 온화하고 너그럽고 사려 깊은 자신을 완성시킬 수 있다는 데 기뻐해야 한다. 당신 주변 사람들이 거칠고 제멋대로일수록 당신의 온화함이 중요해진다. 당신의 무조건적인 사랑이 더욱 필요해지는 것이다. 주변 사람들이 당신에게 부당하게 대하더라도 당신은 옳지 않은 대응을 하지 말고 사랑으로 대할 필요가 있다. 만약 타인이 '서로 온화하게 지냅시다. 사랑합시다.' 라고 입으로만 말하고 실천하지 않더라도 신경 쓰거나 불쾌하게 여겨서는 안 된다. 정숙한 마음으로 상대를 대하고 실천해야 한다. 그러면 상대는 자신을 반성하게 될 것이다. 이렇게 과장된 말을 입에 담지 않고 대중 앞에 서지 않더라도 당신은 온화함이라는 우주의 진리를 전달할 수 있다. 당신이 온화해질수록 우주의 심오한 진리를 깨달을 수 있게 된다. 당신이 자신을 조절하고 있다면 비밀은 사라지고 가장 근원적인 원인이 명확하게 드러난다. 그리고 하나둘씩 환영의 베일이 벗겨지고 결국에는 인생의 가장 본질적인 중심부에 도달하게 될 것이다. 우주의 진리와 당신의 인생이 하나가 되었을 때, 당신은 가장 풍요로운 인생을 마음속으로 즐길 수 있게 된다. 진실을 깨달은 당신은 더 이상 자신과 타인과 세계에 대하여 걱정하지 않게 된다. 모든 것이 우주의 '진리의 법칙' 에 따르고 있다는 것을 깨닫게 되는 것이다. 진정으로 온화해지면 당신은 타인이 꺼리는 일로 감사하게 될 것이다. 타인이 증오하는 것도 사랑하게 될 것이다. 타인이 비난하는 것이라도 용서하게 될 것이다.

타인이 서로 다투며 얻고자 하는 것이라도 양보하게 될 것이다. 타인이 꽉 쥐고 놓지 않으려고 하는 것이라도 놓아줄 것이다. 타인이 당연히 가져야 한다고 여기는 것도 아무렇지 않게 버릴 것이다.

그러나 자신을 지키기 위해 완력을 행사하는 사람들은 힘을 잃게 된다. 반면에 자신을 지키기 위해 힘을 쓰지 않는 당신은 힘을 얻게 된다. 당신은 결국 진정한 승리를 거두게 될 것이다. 끝없는 온화함이 몸에 배어 있지 않은 사람은 진리를 깨닫지 못했다. 반대로 온화함이 몸에 밴 사람은 해방될 것이다.

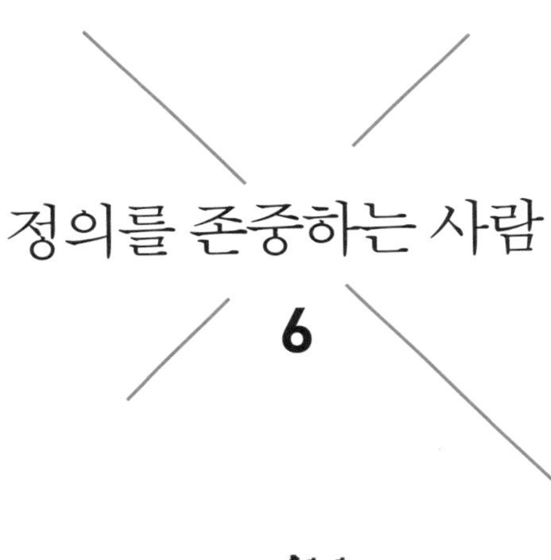

정의를 존중하는 사람

6

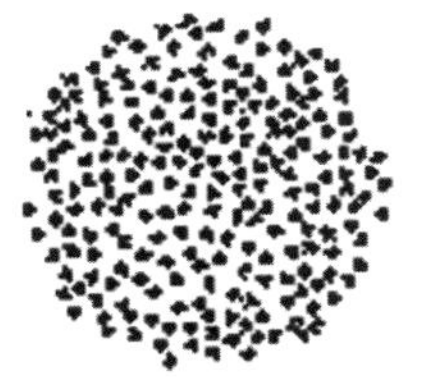

ⓒ Photographer JeongJae Kim

Failure is a detour, not a dead-end street.

실패는 돌아가는 길일 뿐, 막다른 길이 아니다.

Zig Ziglar

정의란 최대의 방어수단이다

옳은 것을 항상 존중하는 사람은 무적이라 할 수 있다. 어떤 적이라도 이 사람을 이기거나 곤란하게 할 수 없다. 그런 사람은 자신의 성실함과 신성함 이외에는 그 어떤 보호도 필요로 하지 않는다.

악이 선에게 이기는 것이 불가능한 것과 마찬가지로 정의를 존중하는 사람이 정의를 경시하는 사람보다 가볍게 여겨지는 일은 결코 없다.

중상모략, 증오, 질투, 악의 등은 정의를 존중하는 사람에게는 절대로 다가갈 수 없고 고통을 줄 수도 없다. 그리고 그것을 행한 본인 스스로가 창피를 당하게 마련이다.

정의를 존중하는 사람은 감춰야 할 것이 아무것도 없다. 사람의 눈을 피해야 하는 행동을 하지도 않고 타인에게 알리고 싶지 않은 사고와 욕망을 마음속에 품고 있지 않기 때문에 두려워할 필요도 없고 부끄러워할 필요도 없다.

이러한 사람의 발걸음은 기운이 넘치고 허리도 곧게 펴져 있으며, 말 또한 솔직하기 때문에 애매한 부분이 없다.

정의를 존중하여 결코 과오를 범하지 않는 사람이 무엇을 두려워하겠는가? 정의를 존중하고 타인을 절대로 속이지 않는 사람에게 부끄러울 것이 어디 있겠는가?

정의를 존중하는 사람은 철저한 근면함으로 모든 의무를 다하고 죄를 초월한 삶을 살기 때문에 모든 면에서 비난받을 것이 없다. 마음의 미덕을 외부의 적으로 인해 손상받는 일이 없다. 적으로부터 자신을 지킬 무기를 찾을 필요도 없다. 왜냐하면 정의를 존중하는 것이야말로 최대의 방어수단이 되기 때문이다.

정의를 존중하는 사람은 고통을 근접시키지 않는다

정의를 존중하지 않는 사람은 모든 면에서 피해를 받고 만다. 감정에 따라 선입관과 충동과 편견에 얽매여 살고 있는 사람은 타인으로부터 괴로움을 당하고 있다고 느끼게 된다. 그리고 타인으로부터 중상모략, 공격, 비난을 받으면 큰 고통을 느낀다. 왜냐하면 그 사람 자신의 내면에 괴로움의 원인이 있기 때문이다.

정의를 존중하지 않는 사람은 보복을 하거나 변명을 함으로써 자신을 정당화하거나 자신을 옹호하기 위해 필사적이다.

당신이 누군가에게 상처를 받았다고 느끼고 괴로워할 때는 정의를 존중해야 한다. 그리고 자신에 대한 연민과 자기방어를 하려 하지 않는다면 아무도 당신을 괴롭히지 않을 것이다. 왜냐하면 괴롭다는 생각을 만들어내는 원인은 모두 당신의 마음속에서 비롯된다는 것을 알고 있기 때문이다.

모든 일들이 좋은 일이 된다

정의를 존중하는 사람에게 불쾌한 일은 일어나지 않는다. 모든 것이 선을 위한 생활로 사고, 언행에 잘못이 없도록 주의하기 때문에 그 사람에게는 좋은 일만 일어난다. 어떤 사람도, 어떤 사건도, 어떤 상황도, 정의를 존중하는 사람을 괴롭힐 수 없다. 주변의 압력은 그 사람에게는 아무런 효과가 없다.

괴로움, 슬픔, 피로, 비탄이 없는 곳, 영원한 안락이 있는 휴게소를 찾고 있는 사람들은 이러한 바른 삶이라는 이름의 피난소로 서둘러 가야 한다. 왜냐하면 괴로움과 슬픔은 정의를 존중하는 사람을 공격할 수 없기 때문이다.

괴로움은 자신의 정신적인 본질을 소중히 여기는 사람에게는 찾아가지 않는다. 그리고 모든 것에서 마음의 안식을 얻은 사람은 피로와 불안 때문에 괴로워하지 않는다.

사랑은 완벽하다

7

© Photographer JeongJae Kim

If you can dream it, you can do it.

꿈을 꿀 수 있다면 그것은 실현할 수 있다.

Walt Disney

사랑은
우주 최고의 진리

우주의 모든 것이 하나의 법칙에 의해 만들어져 있다는 것을 깨달았을 때, 당신은 최고로 행복한 인생을 영위할 수 있다. 그 법칙은 바로 사랑의 법칙이다.

사랑은 생명의 유무와 상관없이 모든 것에 존재하는 힘으로 만물을 창조하고, 유지하고, 보호하고, 완성시킨다.

사랑은 인생의 법칙 중 하나에 그치는 것이 아니라 인생의 법칙이자 인생 그 자체이다. 이것을 잘 이해하고 인생의 모든 것이 사랑과 조화를 이룰 수 있도록 살면서 자신보다는 타인을 우선시해야 하는 것이다.

당신이 우주의 최고 진리인 사랑을 믿으면 당신 앞에 벌어지는 모든 일을 의식적으로 사랑의 힘에 맡길 수 있게 된다. 그리고 자기 운명의 결정자로서 완전한 자유에 도달할 수 있게 된다.

우주가 유지되고 있는 것은 사랑이 중심에 있기 때문이다. 모든 것을 유지하기 위한 유일한 힘이 사랑이다.

사람은 마음속에 증오를 품고 있을 때는 '우주의 법칙은 무자비한 것이다.' 라고 느낀다.

그러나 마음이 온화함과 사랑으로 풍성해졌을 때는 '우주의 법칙은 한없이 너그러운 것이다.' 라고 이해한다.

하찮은 '나' 를 지나치게 소중하게 여기는 사람은 우주의 법칙을 거스르려고 발버둥 친다.

그러나 그렇게 되면 괴로움의 연쇄작용이 일어난다. 괴로움의 구렁텅이 속에서 지혜를 갈망하게 된다.

자신의 내적 지혜를 발견한다면, 당신은 사랑의 법칙을 발견할 수 있다. 그리고 사랑이야말로 자신이라는 존재의 법칙이자 우주의 법칙이라는 것을 깨닫는다.

사랑의 법칙은 사람을 벌하는 일이 없다. 사람은 자신의 증오에 의해 스스로를 벌하고 있다. 혹은 오래가지 못하는 악을 어떻게 해서든지 지속시키려 함으로써 스스로를 벌하고 있는 것이다. 또한 인생의 본질 그 자체인 사랑을 쓰러뜨림으로써 자신을 괴롭히는 것이다.

무한한
사랑의 힘

사랑은 우주 최고의 진리이자 완벽한 행복이기 때문에 괴로움은 전혀 포함되지 않는다. 순수한 사랑과 조화를 이루지 못하는 사고와 행동을 멈추면 괴로움이 그 사람을 힘들게 하는 일은 결코 없다. 사랑의 힘을 통해 영원한 행복을 얻고자 하는 사람은 영원한 사랑을 마음속으로 실천해야 한다. 그리고 자신이 사랑 그 자체가 되어야 한다.

사랑의 정신으로 행동하는 사람은 절대로 버림받는 일이 없고 궁지에 몰리더라도 방치되는 일이 없다. 왜냐하면 개인의 수준을 초월한 사랑은 지식과 힘 모두를 가지고 있기 때문이다.

사랑의 법칙을 배운 사람은 모든 곤란을 이겨낼 방법, 모든 실패를 성공으로 바꾸는 방법, 모든 불행에서 행운이라는 아름다운 옷을 갈아입는 방법을 배운 것이다.

사랑의 법칙에는 자신을 조절하는 능력이 동반된다. 그리고 그 길을 걷다 보면 자신의 내면에 풍성한 지혜를 구축하게 된다. 최고의 사랑에 도달한 사람은 그 진리의 힘에 의해 육체와 의식의 완전한 조화를 얻어 더없이 행복한 인생을 영위할 수 있다.

'완전한 사랑은 모든 두려움을 몰아낸다.' (신약성서 '요한의 편지 1' 4장 18절) 사랑의 법칙을 알면 우주에는 유해한 힘 같은 것은 전혀 존재하지 않는다는 것을 알게 된다. 일반적으로 스스로 극복할 수 없을 것이라고 여겨지는 중대한 죄조차도 사랑의 법칙에 의해 완전히 소멸된다.

사랑의 법칙이란 내면의 위해한 모든 사고와 욕망을 완전히 버림으로써 우주의 완전한 보호를 받는 것이다. 사랑의 법칙이란 인내심이 매우 강하며 분노와 성급함 등은 사랑과 공존할 수 없고 사랑에 다가갈 수조차 없다.

사랑의 법칙은 괴로운 모든 것들을 유쾌한 것으로 만들어 위대한 힘을 얻기 위한 시련으로 바꾸어놓는다.

사랑이 있는 곳에 불평불만은 없다. 사랑하는 사람은 한탄하는 일이 없이 모든 일, 모든 상황을 우주의 훌륭한 진리로 받아들인다. 그러므로 그 사람은 항상 행복하고 슬픔이 찾아오는 일이 없다.

사랑의 법칙의 위대한 힘

사랑의 법칙은 완벽하게 신뢰할 수 있는 것이다.

사물에 대한 소유 욕망을 버리면 물건을 잃어버릴 두려움으로 괴로워하는 일이 없다. 손실도 이익도 당신 마음의 평온함과는 관계가 없어진다.

모든 것을 사랑하는 태도로 단호하게 지키고, 또한 자신이 해야 할 일을 할 때는 사랑을 담아 활동할 수 있을 것이다. 그러면 사랑의 법칙은 당신을 지켜줄 것이다. 그리고 언제나 당신이 필요로 하는 모든 것을 충분히 채워줄 것이다.

사랑의 법칙은 완벽한 힘이다.

지혜와 사랑이 있는 사람은 권위를 휘두르며 말하지 않아도 모든 사람이 그 말을 주목할 것이다. 그리고 그 사람의 말을 따르게 된다.

사랑이 있는 사람이 어떤 생각을 했을 때, 그 생각했던 것은 이미 달성된 것이다. 그 사람이 말을 하면 세상 사람들이 그 말에 귀를 기울이게 된다!

사랑이 있는 사람은 진실의 법칙에 따라 행동한다. 하찮은 자신을 소중히 여긴 나머지 진실의 법칙을 거스르려 하지 않는다. 때문에 사랑이 있는 사람에게는 우주의 에너지가 끊임없이 흘러들어온다. 이렇게 해서 사랑이 있는 사람은 힘 그 자체가 된다.

사랑의 법칙은 완벽한 지혜이다. 모든 것을 사랑하는 사람은 모든 것을 알고 있는 사람이다. 자기 마음속 과제를 모두 해내고 있기 때문에 타인의 마음가짐과 시련에 대해서도 적확한 조언을 해줄 수 있다.

사랑이 없다면 설령 지성이 있더라도 진실을 볼 수 없어 차갑고 활력이 없는 것이 된다.

지성만으로는 실패하는 일도 사랑이 있다면 성공한다. 지성만으로는 보이지 않는 부분이 사랑이 있다면 보인다. 지성만으로는 알 수 없는 것도 사랑이 있으면 알 수 있다.

진정한 지성은 사랑이 있어야 비로소 완성된다. 그리고 궁극의 지성은 사랑과 한 몸인 것이다. 사랑은 우주 최고의 진리이다. 그러므로 사랑은 모든 진리를 포함하고 있다.

지혜가 있는 사람은 '모든 사람은 오로지 사랑만을 필요로 하고 있다.' 라는 사실을 꿰뚫어본다. 그리고 모든 사람에게 사랑을 아낌없이 전달한다. 사랑이 있는 사람은 어떤 순간이라도 사랑의 법칙의 힘을 사용해야 할 필요가 있다는 것을 잘 알고 있다. 때문에 타인에 대한 공격을 하지 않는다.

당신이 사랑의 법칙을 마음속에 새기게 되면 모든 것이 명확해진다. 영원의 빛을 받고 그 진실이 명확해지는 것이다. 다시 말해 모든 것의 원인과 결과가 확실해진다.

사랑의 법칙은 완벽한 안녕을 가져다준다. 사랑이 있는 사람은 슬픔에 젖어 있는 일이 사라진다.

만약 당신이 자신의 지성을 완성시키길 바란다면 사랑의 법칙에 따라 자신을 완성시켜야 한다. 만약 당신이 최고로 행복한 인생을 보내고 싶다면 타인을 사랑하는 마음을 키워야 한다.

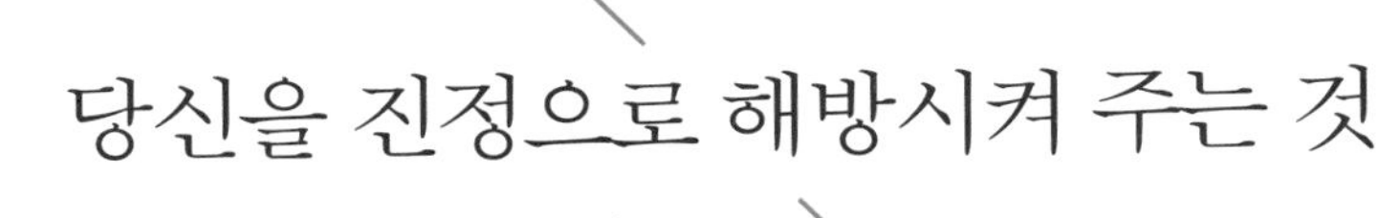

당신을 진정으로 해방시켜 주는 것

8

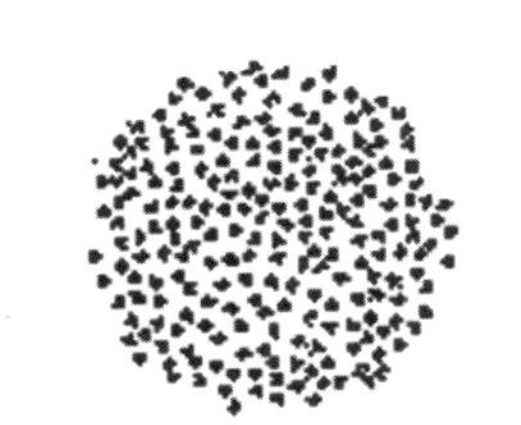

ⓒ Photographer JeongJae Kim

Chop your own wood, and it will warm you twice.

스스로 장작을 패라, 이중으로 따뜻해진다.

Henry Ford

진정한 자유란 본인 스스로에게 휘둘리지 않는 것

당신은 아무런 속박 없는 삶을 살 수 있다. 그것은 완전한 자유 상태다. 그것은 위대한 인생의 영광이다.

이 완전한 자유는 우주의 진리에 몸을 맡겨야만 얻을 수 있는 것이다. 당신은 우주의 진리를 따름으로써 자신의 내면에 있는 모든 힘과 지성을 온갖 상황에서 자유롭게 사용할 수 있다.

당신이 자신의 방자한 마음을 기준으로 무슨 일이든 마음대로 하고자 한다면 오히려 이기심의 노예가 될 뿐이다. 당신은 사슬에 묶여 있다. 그리고 지금까지 얻었던 기쁨을 잃을까 두려워 그 사슬을 끊어내지 못하고 있다.

자기만족과 허영심에 얽매여 있기 때문에 그것으로부터 해방되는 것이 무의미하고 바람직하지 않다고 착각하고 있다. 그러나 그것은 스스로를 이기심의 노예 상태로 머물게 하여 진정한 자유를 얻는 걸 방해한다.

참된 자신이 무엇인지에 대한 진리를 깨달음으로써 비로소 완벽한 자유를 얻을 수 있게 된다.

그러나 나 자신이란 어떤 존재인지, 자신의 욕망이 무엇인지, 자신의 감정과 사고가 어디를 향하고 있는지, 또한 자신의 인생과 운명을 만들고 있는 내면의 원인은 무엇인지를 알지 못하는 사람은 자신을 조절하고 있다고 할 수 없고, 또한 이해도 하지 못하고 있는 것이다.

이러한 사람은 감정에 얽매이고, 슬픔에 얽매이고, 괴로움에 얽매여 운에 따라 일희일비하는 삶을 반복하게 될 것이다. 완벽한 자유의 세계는 무한한 지성의 문을 통과한 그 앞에 있다.

자유를 추구하는 사람이야말로 진정한 자유를 얻을 수 있다

고대로부터 현재에 이르는 역사 속 그 어떤 시대에도 억압당한 사람들은 자유를 갈구하며 힘든 싸움을 계속해왔다. 그리고 자유를 보장하기 위해 수많은 법률을 제정하였다. 그러나 그 법률들에 의해서도 억압된 사람들은 진정한 자유를 얻을 수 없었다.

당신이 진정한 자유를 얻기 위해서는 자기 내면에 있는 진실의 법칙에 따라 우주의 진리와 조화를 이루며 살아야 한다. 그러면 자유를 억압하는 그림자는 완전히 사라질 것이다. 그리고 자신을 억압하는 것을 멈추면 타인을 억압하는 일도 사라질 것이다.

자유를 위해 아무리 법률을 제정하더라도 사람들의 마음이 노예상태에 머물러 있다면 진정한 자유의 세계를 만들어낼 수는 없다.

자신의 마음속에 도사린 이기심에서 해방되었을 때, 당신은 비로소 자유로워질 것이다. 자신의 감정과 무지의 노예에서 벗어난다면 속박과 억압은 사라진다. 자유란 자유를 사랑하고, 자유를 갈구하는 사람에게 주어지는 것이다. 속박을 즐기고 있는 한, 당신은 자유를 향수할 수 없게 된다.

자유는 지금 여기에 있다. 자유를 사랑하는 사람, 자유를 열망하는 사람은 모두 스스로 자유를 쟁취할 수 있다.

자유는 공격 속에서는 존재하지 않는다. 왜냐하면 공격은 항상 그 반작용으로 전쟁, 증오, 파벌 투쟁 등 자유를 파괴할 원인을 만들어내기 때문이다. 자유는 당신이 스스로 이기심을 정복해야 시작된다. 사람들이 이기심의 노예인 상태에서 인류 사회의 해방은 불가능하다.

자유를 갈구하며 외치는 자여, 당신 자신을 먼저 해방시켜라!

정신적인 속박에서의 해방

당신 자신의 내면에 있는 자유는 감정과 욕망, 집착이라는 정신적 속박에서 당신을 해방시켜준다. 또한 육체적인 폭력과 지적 폭력을 당하지 않도록 스스로를 지켜준다. 이 내적 자유를 얻어야 비로소 다른 모든 자유를 얻을 수 있게 된다.

그 자유란 완전하고 모든 것을 포함한 완벽한 해방이다. 당신을 괴롭히고 있는 족쇄를 하나도 남김없이 파괴해버린다.

모든 죄에서 당신의 마음을 해방시켜라. 그러면 당신은 어떤 세계라도 두려워하지 않고 용기 있는 사람으로서 자유로이 나아갈 수 있을 것이다. 자신감으로 가득 찬 당신의 모습에 수많은 사람들이 용기를 얻어 당신의 훌륭한 자유에 동참할 것이다.

기쁨에 찬 마음으로 온화하게 모든 책임을 다할 마음의 준비가 되어 있는 사람은 이기심으로부터 해방된 것이다. 그런 사람의 마음속에는 따분함과 피로감이 파고들 수 없다. 그리고 그 마음의 강력함에 의해 모든 짐이 가벼워져 무게를 느낄 수 없게 된다.

당신은 사슬이 얽힌 상태로 도망치려고 하면 안 된다. 자신을 속박하는 사슬을 부수고 자유를 얻어라.

위대한 인간이 되는 방법

9

© Photographer JeongJae Kim

Find purpose, the means will follow.

목적을 발견하라, 수단은 뒤따라 올 것이다.

Mahatma Gandhi

위대함이란 멀리서 볼 때 알 수 있다

위대함은 선량함에서 비롯된다. 선량함은 순진함에서 비롯된다. 선량함이 없는 곳에는 위대함도 없다. 따라서 선량하다는 것, 순진하다는 것, 위대하다는 것은 떼려야 뗄 수 없는 관계이다.

회오리바람과 산사태와 같은 파괴적인 힘으로 세상을 살아가려 하는 사람들이 있는데, 그런 사람들은 위대하다고 할 수 없다.

위대함은 영속적으로 유지되는 것으로 결코 폭력적인 것도 아니고 파괴적인 것도 아니다. 가장 위대한 마음은 너그러운 마음이다.

정말로 위대한 사람은 절대로 주제넘게 나서지 않는다. 묵묵히 자신의 일을 하며 남에게 알리려 하지 않는다. 위대한 사람은 쉽게 이해되거나 인정받기 어렵다.

위대한 사람은 산처럼 넓고 우뚝 솟아 있다. 가까이 살고 있는 사람은 산을 주거지로 삼고, 산의 그늘 속에서 살지만 산 전체의 모습은 볼 수 없다. 산의 멋진 장관은 산에서 멀어져야 비로소 보이게 된다. 마찬가지로 위대한 사람은 동시대의 사람들이 이해하기 어렵다. 그 훌륭한 모습은 세월이 지나야 확실히 알 수 있다. 이것은 거리를 두어야 비로소 알 수 있는 매력이다.

대부분의 사람은 집과 나무와 토지처럼 눈앞에 있는 작은 것에 마음을 빼앗기기 십상이다. 그리고 자신들이 살고 있는 산에 대해서는 거의 생각조차 하지 않는다. 게다가 산의 진정한 모습을 찾고자 하는 사람은 더욱 적다. 그러나 멀리 떨어져서 보면 작은 것들은 보이지 않게 되고 산의 고고한 아름다움을 볼 수 있게 된다.

유행하고 화려하게 광고하는 것은 시대가 지나면 순식간에 사라지고 영속되지 않는다. 그와 달리 위대한 것은 사람들이 모르는 곳에서 천천히 그 모습을 드러내고 영원히 기억 속에 남게 된다.

뛰어난 예술은 보편적인 진리를 표현한다

그리스의 시인 호메로스는 동시대 사람들에게 눈먼 비렁뱅이에 불과했지만, 수세기가 흐른 뒤 불후의 시인으로 이름을 알리게 되었다.

셰익스피어는 잉글랜드의 일개 농부로 살다 생을 마감했지만, 사후 200년이 지나서 그 진가를 인정받게 되었다.

정말로 뛰어난 재능이라는 것은 개인의 틀을 초월하는 것이다. 천재적인 예술작품이라는 것은 한 사람의 인물이 자신만의 세계를 표현한 것이 아니라 모든 것에 공통되는 진리를 표현한 것이다.

그러므로 정말로 뛰어난 작품은 모든 시대, 모든 민족, 모든 사람의 마음에 감동을 주는 것이다. 만약 특정한 사람들밖에 이해하지 못한다면 그 작품은 위대한 작품이라 할 수 없다.

예술작품 중에서 정말로 위대하다고 할 수 있는 것은 진리를 표현한 것이다. 마찬가지로 인생에서 위대하다고 할 수 있는 것은 보편적이고 영원한 진실뿐이다. 진실은 선량하고 순진하다. 그리고 선량하고 순수한 것은 진실이다.

불후의 예술작품들은 모두 인간의 마음속 영원의 선량함에서 비롯되는 것이다. 그리고 그것은 선량하기 때문에 맑고, 소박하고, 순진한 것이다.

가장 위대한 예술은 자연과 마찬가지로 꾸밈이 없다. 그것은 잔재주를 부리지 않고, 대비하지 않으며 의식적인 노력도 하지 않는다.

위대한 인간은 권위를 추구하지 않는다

당신이 위대한 인물이 되길 바란다면 제일 먼저 선량함이 몸에 배어 있어야 한다. 다시 말해 위대해지겠다는 생각을 잊고 끊임없이 선량할 것을 지향하고 그 결과 위대해지는 것이다.

위대한 인물로 인정받기를 원하는 사람은 그 노력이 허사가 될 것이다. 위대한 인물로 인정받고자 하는 욕망이 있다는 것은 마음이 좁고, 허영심이 강하고, 나서기를 좋아한다는 의미이다. 반대로 가능한 한 남들의 이목을 끌지 않고 자신의 권력을 강하게 하려는 생각이 없는 사람은 위대한 인물이 되어간다.

마음이 좁은 사람은 권위를 추구하고 권위를 사랑한다. 위대한 사람은 결코 권위적이지 않다. 그리고 권위적이지 않은 사람일수록 사람들에게 신뢰를 받는다.

순수해지자. 보다 나은 자신이 되자. 이기심을 초월한 자신이 되자. 그러면 당신은 위대해 질 것이다!

권위를 얻고자 하는 사람은 고작해야 호랑이의 권위를 흉내 내는 여우에 지나지 않는다. 반대로 모든 사람의 하인이 되어 봉사할 것만 생각하고 자신의 권위 따위는 추구하지 않는 사람은 순수하게 살고 있기 때문에 위대한 사람이라 부를 수 있을 것이다.

순수하고 고결한 삶에 머물러
자신의 마음에 순종하라.
그러면 당신은 과거의 위대한 세계를 재현하게 될 것이다.
-에머슨, '자기 신뢰'

당신이 작은 자신에 대한 집착을 버리고 광활한 우주의 진리에 마음을 맡긴다면, 자기 내면의 위대한 것, 순진한 것, 선량한 것을 발견하게 될 것이다.

이기심을 초월한 곳에 위대함이 있다

에머슨은 다음과 같은 심오한 진리를 말했다.

"위대한 인물이 되는 것은 비천한 인물이 되는 것과 마찬가지로 쉬운 일이다." (에머슨, '대표적인 인간상')

이기심을 버리는 것은 위대함의 전부이다. 그것은 선량함, 행복함의 전부이기 때문이다.

타인을 생각하는 시간을 조금씩 늘려가자. 그러면 당신의 위대한 마음, 위대한 인생이 드러나게 된다.

자신의 것이라고 여기고 있는 것, 즉 하찮은 욕망, 허영심, 야망을 벗어 던지고 당신의 마음을 사랑과 너그러움과 온화함으로 가득 채워라. 그러면 당신은 더 이상 작은 인물이 아니라 위대한 사람인 것이다. 이기적인 권위를 추구하는 사람은 마음이 좁은 사람이 되고 만다. 그와 달리 타인에게 항상 선량하게 대하는 사람은 위대한 인물로 높이 오르게 된다.

진정으로 갈망하던 것을 달성하기 위해서는

●

당신은 생생한 책을 쓰고 싶은가?

그렇다면 당신은 여러 삶을 살아봐야 한다. 그리고 온갖 경험을 쌓아야만 한다. 그런 다음 즐거움과 괴로움, 기쁨과 슬픔, 승리와 패배를 경험하면서 어떤 책도, 어떤 스승도 당신에게 모든 진실을 가르쳐줄 수는 없다는 것을 배울 필요가 있다.

당신은 인생에 대하여, 당신 마음에 대하여 스스로 공부해야 한다. 고독한 길을 걸어야 한다. 그리고 스스로를 성장시켜 나가는 것이다. 그러고 나서 책을 쓰기 시작하라.

당신은 영원히 빛나는 조각과 그림을 그리고 싶은가?

그렇다면 당신은 자기 내면의 무한한 아름다움을 깨달아야 한다. 그러기 위해서는 눈에는 보이지 않는 마음의 아름다움을 이해하고 그것을 동경해야만 한다. 당신은 모든 근원인 우주의 진리와 하나가 될 필요가 있다. 거기에는 우주 속의 모든 것이 비교할 수 없는 완벽한 균형과 조화를 유지하고 있다.

이렇게 해서 영원의 진리를 깨달았다면, 당신은 말로는 형언할 수 없는 아름다운 조각과 그림을 그릴 수 있을 것이다.

불멸의 시를 쓰고 싶은가?

그렇다면 당신은 시처럼 삶을 살아야 한다. 그리고 리듬 있는 생각과 행동을 해야 한다. 당신의 마음속에 있는 진실한 사랑에는 마르지 않는 영혼의 원천이 있다. 그것을 깨닫는다면 노력하지 않아도 마음속에서 불후의 시구가 마르지 않고 샘솟을 것이다. 들판의 꽃이 자연스럽게 피어나듯이 아름다운 생각이 마음속에서 훌륭한 이야깃거리가 될 것이다. 그것을 말로 표현한다면 많은 사람들의 마음을 사로잡을 멋진 작품이 될 것이다.

당신은 세상 사람들을 기쁘게 하고 마음을 고양시켜 줄 음악을 만들고 싶은가? 그렇다면 당신은 자신의 마음을 우주의 조화에 맞춰나가야 한다. 그리고 당신 인생이 우주와 함께 만들어내는 음악 그 자체라는 것을 깨달아야 한다. 당신은 인생의 진실에 다가가 당신이 만드는 음악이 그 세상의 중심이라는 것을 깨달을 필요가 있다.

그러면 당신은 마음을 통해 스스로 작곡한 불후의 교향곡을 듣게 될 것이다.

당신은 생생한 말로써 사람들을 가르치고 싶은가?

그러면 당신 자신이 그 말대로 행동해야 한다. 당신은 자신의 말을 믿고, 모든 것을 사랑하고, 나쁜 것에 마음을 빼앗기거나 믿지 않도록 해야 한다.

그러면 당신의 말은 적어도 모든 행동에 힘을 주고 모든 말이 훌륭한 가르침이 될 것이다. 설령 남의 이목을 집중시키지 못하더라도 당신의 말은 시대를 초월해 무수한 사람들의 향상심에 훌륭한 격려가 될 것이다.

진정한 낙원은 마음속에 있다

10

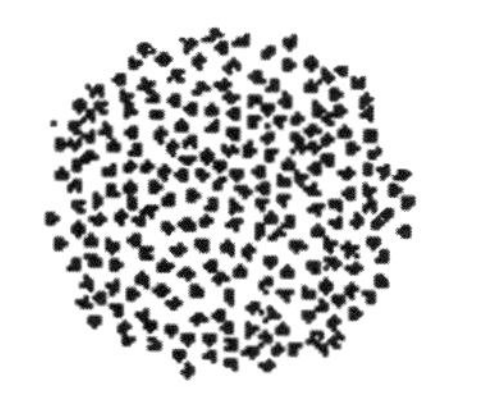

ⓒ Photographer JeongJae Kim

It's all about the journey, not the outcome.

모든 것은 과정이지 결과가 아니다.

Carl Lewis

마음을 우주의 진리에 맞추면 낙원을 찾을 수 있다

당신의 마음이 정말로 순수해졌을 때, 당신 인생의 고뇌는 끝이 난다. 당신의 마음이 우주의 진리와 조화를 이루었을 때, 모든 일은 기쁨으로 가득해진다.

당신의 인생은 들판의 백합과 같다. 자신의 의지에 반하는 일을 하지 않더라도 우주의 진리라는 무한하고 풍성한 창고에서 필요한 모든 것이 주어진다. 백합은 무기력하지 않다. 끊임없이 활동적으로 대지, 공기, 태양으로부터 영양소를 흡수한다. 그리고 그 내면에 있는 진리의 힘으로 자신의 세포를 하나씩 창조하여 빛 속에서 꽃을 피우고, 성장하고, 아름다운 모습을 만들어낸다.

독선적인 마음을 버리고 우주의 진리에 맞춰간다면, 당신은 백합과 마찬가지로 행복한 인생을 영위할 수 있다. 불안에서 해방되어 고생을 느끼지 않는다. 불화와 고생도 없다. 모든 생각과 행동이 우주의 진리와 조화를 이루는 것이다. 그리고 세상은 더욱더 행복한 것으로 발전해간다.

당신에게 최고로 행복한 장소는 당신 마음속에 있다. 다른 곳을 아무리 둘러봐도 진정한 낙원은 찾을 수 없다. 자신의 내면에 당신의 진실한 행복이 있는 것이다.

행복한 인생이야말로 당신이 추구해야할 인생이다

당신이 어디를 가더라도 당신 마음속 사고와 욕망은 계속해서 따라온다. 아무리 멋진 장소에 가더라도 당신의 마음속에 죄가 남아 있다면 당신이 보는 세상 역시 어둠과 그림자로 뒤덮인 것으로밖에 보이지 않을 것이다.

이 세상에는 기적처럼 아름답고 즐거운 장소가 있다. 그것은 셀 수 없을 정도로 많다. 그러나 마음속에 응어리가 있다면 그 아름다운 장소도 어둡고 쓸쓸한 것으로 보이게 된다. 감정과 이기심에 휘둘리는 사람은 어디에 있더라도 지옥에 있는 것처럼 느끼고 만다.

반면에 마음속에 온화함과 사랑이 있다면 어디에 있더라도 낙원에 있는 것처럼 느끼게 된다. 그곳에는 모든 기쁨이 있다. 순수한 마음을 가진 사람에게는 모든 장소가 낙원인 것이다.

우주 전체가 기쁨으로 가득 차 있다. 그러나 죄에 사로잡힌 마음을 가진 사람은 그것을 보거나 듣지 못하고, 그 기쁨을 향유할 수도 없다. 낙원은 누구에게나 열려 있지만 이기심에 사로잡혀 있는 사람은 그 문을 스스로 닫아버리고 만다.

의기소침하거나, 실망하거나, 슬픔에 젖어 있는 것은 일시적인 쾌락에 흥분하거나, 사리사욕을 추구하거나, 욕망에 사로잡히기 때문이다. 이 모든 것을 버리면 당신의 불행은 사라진다. 그리고 그곳에는 행복한 낙원이 나타나게 된다.

이렇듯 풍요로 가득한 행복한 인생이야말로 당신이 살아가야 할 진정한 인생이다. 실제로 낙원은 당신의 진정한 삶의 터전이다. 그것은 지금 여기에 있다. 진실의 낙원은 자신의 마음속에 있으며 그것을 발견하고자 결심한다면 반드시 찾아낼 수 있다. 그 낙원에서 마음이 떠났을 때, 슬픔과 괴로움이 시작되는 것이다. 그러므로 당신의 진정한 삶의 터전으로 돌아가라. 그러면 안녕을 되찾을 수 있다.

당신은 모든 곤란을 배워야 할 과제, 정신적 성장의 도움이 되는 것이라고 생각해야 한다. 그러면 그것은 더 이상 곤란이 아니다. 곤란은 낙원으로 이어지는 작은 오솔길 중에 하나이다. 그리고 그것은 진실한 사랑에 이르는 길이다.

모든 것을 행복으로 바꾸는 사랑의 마법

진실을 찾아낸 사람은 모든 것을 행복과 기쁨으로 바꾸어간다. 사랑 속에서 사는 사람은 기쁨 속에서 살고 있다. 사랑은 모든 것을 활력 넘치는 아름다운 것으로 바꾸는 마법이다. 사랑 속에서는 모든 기쁨으로 가득한 상황이 만들어진다.

사랑을 담아 생각하고, 사랑을 담아 말하고, 사랑을 담아 행동하자. 그러면 당신이 필요로 하는 모든 것이 주어질 것이다.

사랑의 눈을 통해 바라보자. 그러면 당신은 어디서든 아름답고 진실한 것을 볼 수 있을 것이다.

사랑의 의식에 따라 판단하자. 그러면 당신은 실수를 저지르는 일도 없고 괴로움을 맛볼 필요도 없을 것이다.

사랑의 정신에 따라 행동하자. 그러면 당신은 훌륭한 조화를 이룬 인생을 살 수 있게 된다.

이기심에 져서는 안 된다. 당신의 모든 것이 사랑으로 감싸질 때까지 이기심과 계속 싸워라. 타인에 대한 배려가 낙원 중의 낙원을 만들어준다.

아름답지 않은 것,
너그럽지 않은 것을
자신의 마음속에서 몰아내자.
그러면 당신이 그곳에 있는 것만으로도
주변의 모든 것들이
아름답고 온화한 것으로 바뀔 것이다.

당신이 당신 내면에 무한하고 신성한 아름다움이 존재한다는 것을 깨달았을 때, 그 아름다움은 우주의 모든 것 중에서 빛나고 있다는 것을 알게 된다. 진리를 깨달은 사람에게 세계는 끝없이 멋진 것이다.

고통은 행복을 발견하기 위한 준비 과정

지금 미숙하게 보이는 사람은 아직 봉오리 상태이다. 눈에 보이지 않는 아름다움이 그 사람의 내면에 감춰져 있다가 머지않아 아름다운 꽃을 피우게 될 것이다.

이렇게 타인을 바라본다면 어느 한구석에도 악은 존재하지 않는다. 모든 것이 좋은 것으로 바뀐다. 때문에 사랑이 있는 사람은 모든 사람들을 지켜준다.

예를 들어 상대의 무지로 인해 미움을 받더라도 사랑이 있는 사람은 그 사람들을 사랑한다.

하루 만에 꽃을 피울 수는 없는 일이기 때문에 그 꽃을 비난하는 어리석은 정원사는 없을 것이다. 이와 마찬가지 이치이다. 아직 미숙해 보이는 사람을 사랑하자.

그러면 비록 품위가 떨어지는 사람들의 마음속에서도 훌륭한 미덕과 아름다움이 감춰져 있다는 것을 알게 된다. 감춰진 아름다움은 때가 되면 반드시 눈에 보이기 마련이다. 이를 깨닫는다면 당신에게는 기쁨이 찾아올 것이다.

슬픔과 괴로움은 아직 마음에 진실의 빛이 비춰지지 않은 사람이 어둠 속을 탐색하고 있을 때 찾아온다. 그 사람들의 마음을 열어주고 반짝이는 빛을 비추어주자.

미숙한 사람들은 아직 제대로 화음을 맞출 수 없는 상태이다. 그러나 이윽고 모든 사람이 완벽한 조화 속에서 최고로 행복한 멜로디를 연주할 수 있게 된다.

지옥의 고통은 머지않아 찾아올 낙원을 발견하기 위한 준비에 불과하다. 그리고 지옥의 황폐한 오두막에서 행복으로 가득한 즐거운 집이 만들어진다.

밤은 세상을 가리는 일시적인 그림자에 불과하다. 마찬가지로 슬픔 또한 이기심에서 비롯되는 일시적은 어둠에 불과하다.

이제 햇빛 속으로 나아가보자.

당신의 인생은 지금 모든 것이 무한하고 풍요롭고 행복으로 가득 넘치고 있다. 당신 자신이 그릇된 생각을 품지 않는 한, 당신이 낙원에서 추방되는 일은 없을 것이다.

당신을 얽매고 있는 것을 털어버려라. 그리고 당신을 위해 마련된 낙원을 받아들여라.

당신의 인생을
낙원으로 바꿔가자

진정한 당신은 신성한 존재이자 불멸의 존재이다. 그리고 당신이 자신의 내면을 살펴본다면 그 사실을 알 수 있을 것이다.

그러므로 자신에게 상처를 입히고 폄하하는 사고에 집착하지 않도록 하라. 그러면 당신의 마음은 빛을 발산하여 순수하고 사랑이 담긴 사고로 가득 차게 될 것이다. 마음속으로 참혹한 것, 괴로운 것, 슬픈 것을 버리자. 그러면 당신의 인생에 그런 것들이 따라다니지 않게 된다. 당신은 지옥이 아닌 낙원에서의 삶을 선택할 수 있다. 지옥에서 살 것인지, 낙원에서 살 것인지를 결정하는 것은 당신 자신이다.

어서 어둠에서 벗어나 햇빛을 향해 나아가 행복을 누려라.

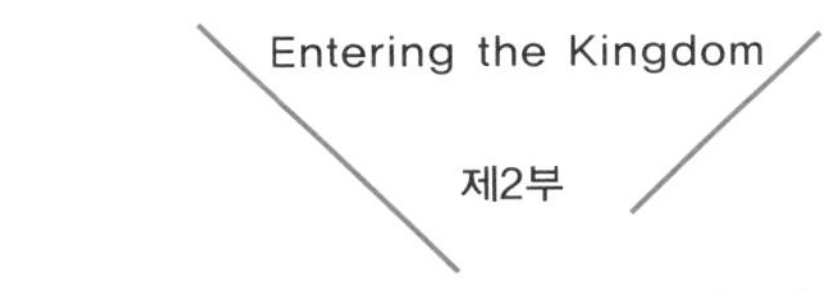

Entering the Kingdom

제2부

인간이 진정으로 원하는 것

1

영혼의 법칙

ⓒ Photographer JeongJae Kim

If you have faith, it will happen.

당신이 간절히 바란다면, 그것은 이루어질 수 있다.

Wilma Rudolph

마음의
갈증

찾아 헤매던 세계에서
나는 평온을 찾지 못했다.
내가 배우고자 아무리 노력하더라도
진실은 명백하게 밝혀지지 않았다.
철학을 가까이도 했지만
마음은 허영심으로 가득했다.

그리고 나는 마음속으로 소리쳤다.
평온은 어디 있는가!
진실은 어디에 숨어 있는가!
-필리어스 루이스(Filius Lucis)

영혼을 가진 모든 자들이 끊임없이 찾아 헤매는 것이 있다. 그것은 자신의 영혼이 무엇을 바라고 있는가 하는 것이다. 그것을 깨닫기 위한 길은 사람마다 제각각 다르지만, 그 사실을 마음속으로 조금이나마 느끼지 못한 사람은 한 사람도 없을 것이다.

사람은 영혼이 성장하는 과정에서 마음이 자연스럽게 추구하고, 너무 심오해 말로 표현할 수 없는 무언가를 실제로 눈에 보이는 사물이나 사실로 이끌어내려고 한다. 그런데 눈에 보이는 모든 것을 손아귀에 쥐고서도 마음의 갈증은 전혀 해소되지 않는다. 그것은 영혼이 추구하는 것과 다르기 때문이다.

표면적인 것에 마음을 빼앗긴 수많은 사람들은 행복해질 수 있다고 믿으며 물질적 풍요를 얻기 위해 끝없이 노력을 하고 있다. 그러나 그것은 너무나도 얕은 지식에 불과하다.

눈에 보이는 것을 추구하고 있는 마음의 갈증을 눈에 보이는 풍요로만 채우려 하고 있는 것에 불과한 것이다.

영혼은
갈망한다

당신의 영혼은 과연 무엇을 추구하고 있는가?

이미 깨닫고 있는 사람도 있을 것이며, 설령 아직 깨닫지 못했다고 하더라도 추구하고 있는 것은 똑같다.

누구나 마음속 깊이 필요로 하는 것은 올바른 길이다.

제각각의 특별한 인생에서 사람은 마음을 채우고 삶의 기쁨을 맛보길 바라고 있다.

마음을 무엇으로 채우고, 무엇을 갈망할지는 인생에 대한 지식의 깊이에 따라 달라진다. 그러나 추구하는 것과 추구하는 방법은 제각각이라 할지라도 인간이 마음속으로 바라고 있는 것은 단 한 가지이다. 그리고 올바른 길이 알려주는 진실도 단 한 가지이다.

이 세상의 진실을 거슬러 올라가는 올바른 길.

그것을 이끌어내려고 노력하는 사람은 그 과정에서 이 세상의 진실을 이해해나갈 수 있다. 그리고 영혼을 가득 채워줄 기쁨을 어렵지 않게 발견할 수 있을 것이다.

진실을 깨닫지 못한다면 영혼이 무엇을 갈망하고 있는지는 절대로 깨닫지 못할 것이다.

인생에서는 누구라도 일시적인 즐거움에 빠져 한순간의 행복감에 빠질 수는 있다. 단, 그런 거짓된 행복은 마음의 등불을 계속해서 밝혀주지는 못한다.

진실을 깨닫고자 하지 않는다면 본인 스스로 고통스러운 길을 만들고 만다. 끊임없이 상처를 입고 고통을 느끼며 걸어가야 하는 인생은 마음의 갈증만을 늘릴 뿐이다.

그리고 영혼은 당신이 인생에서 잃어버린 것을 갈망하며 비명을 지르게 될 것이다.

잃어버린 것이란 사람의 마음에 변함없이 끝없이 계승되어 온 유산, 올바른 길이 밝혀주는 영원한 진실이다.

정의 속에 진정한 행복이 있다

물질적인 현실의 세계 어디든 간에 눈에 보이지 않는 정신의 세계에서도 사람은 올바른 길에서 벗어나 있는 한, 마음이 충만해지지는 않는다. 그것은 사람을 영혼의 존재로 바라보는 세계에서도 마찬가지다.

눈에 보이는 육체를 가지고 살든, 육체에서 벗어난 존재이든 간에 우리의 영혼은 고통이라는 자극을 받으면서 끊임없이 정의에 끌리고 있다. 그것을 깨닫지 못하고 더 이상 도망치지 못할 상황까지 이르렀을 때 마지막 피난처가 되어주는 것은 정의가 뿌리를 내린 길이다.

그곳에 도달하기만 한다면 지금까지 헛되이 갈망하던 평온한 기쁨을 발견할 수 있을 것이다.

영혼은 정의와 양심이라는 올바른 길에 서 있을 때야말로 갈증으로 비명을 지르지 않고 충족함을 느낄 수 있다.

일상생활에서 일어나는 문젯거리와 소동의 한복판에 서 있다고 하더라도 정의가 뿌리를 내린 마음을 갖고 있다면, 사람은 불안과 혼란에 빠지지 않고 평온하게 삶을 영위할 수 있다.

아름답고 평화로운 마음의 저택은 시간이 지나더라도 변하지 않는 정의와 양심 위에서만 세울 수 있다. 그것이 자기 자신의 완벽한 인생을 살아가는 것이다.

진리를 깨닫는다면 모든 것을 알 수 있다. 진리를 모른다면 모든 것을 잃게 된다.

영혼이 살아야 하는 올바른 길, 진리가 영원한 기쁨의 원천이자 행복의 보고인 것이다.

흔들림 없는 행복

외관상의 승패에만 사로잡혀 '그렇게 하지 않으면 살아남을 수 없어.' 라고 하는 생각을 버려라.

경쟁에서 벗어난 마음가짐, 의식상태, 말로 표현할 수 없을 만큼 깊은 지식.

그 속에서 당신의 영혼은 충만해져 평온한 상태의 자신과 만나게 될 것이다.

두려움과 경쟁으로 마음이 흐트러지지 않고 마음속 깊은 곳으로부터 충족할 수 있는 것은 무엇일까?

그것을 끊임없이 지적으로 뜨겁게 갈망한다면 반드시 흔들림 없는 행복이 무엇인지를 깨닫게 될 것이다. 그러면 더 이상 지금처럼 헛된 갈망 때문에 인생을 허비하지 않아도 될 것이다.

이기심의 극복

2

경쟁주의와 사랑의 법칙

ⓒ Photographer JeongJae Kim

I walk slowly, but I never walk backward.

내 걸음은 느리지만 결코 걸어온 길을 되돌리지는 않는다.

Abraham Lincoln

'자연의 구조' 에는 의도가 없다

●

내가 순수하다면
인생에서 해결할 수 없는 문제는 모습을 감출 것이다.
자신만의 욕망에서 벗어나
증오와 경쟁심과는 아무런 관계가 없어질 때
나는 진실 속에서 살고 있다는 것을,
그리고 내 속에 진실이 살아 숨 쉬고 있다는 것을 실감하게 된다.

나는 무엇보다도 건전하고
완전한 자유를 누릴 수 있을 것이다.
인간으로서 올바른 길에서 벗어난 생각에 물들지 않고
내가 순수할 수 있다면.

'자연의 법칙' 은 잔혹하고 냉정하다고 한다. 반면에 관대한 너그러움으로 넘쳐 흐른다고도 한다.

자연계를 포함한 이 세상이 '냉정한 법칙 속에 있다.' 는 표현은 격렬한 경쟁과 싸움의 일면을 바라본 것이다. 한편 배려와 보호를 받고 있다고 여겨지는 면을 바라본다면, 세상은 관대함과 너그러움으로 가득하다고 표현할 수 있다.

실제로 현실의 세계는 특별한 누군가나 무언가에 대해 특히 엄하지도 친절하고 너그럽지도 않다.

의도적으로 한쪽으로 치우치지 않고 단순하고 당연한 상태를 보여주고 있을 뿐이다. 그것이 불변의 공정한 '자연의 법칙' 의 완벽한 작용이다.

분명 우리에게 세상은 가혹하게 느껴지는 상황과 고통을 가져다주는 사건들이 많이 일어나고 있다. 그러나 그렇다고 해서 마음에 상처와 고통을 입는 것이 당연한 것은 아니다. 또한 우리가 특별히 가혹한 현실 속에서 살고 있는 것도 아니다.

사람과 환경에서 배울 수 있는 것

현실 속에서 경험하는 시련과 고통은 성장을 위한 통과의례에 불과하다. 인생의 고통스러운 경험은 최종적으로 지식으로 얻는 열매보다 풍성한 결실로 이어지게 된다.

경험도 지식도 없다면 불안에 휩싸여 어두운 밤을 지내야 하는 경우도 있을 것이다. 그러나 그것은 새로운 기쁨으로 가득한 평온한 아침을 맞이하기 위해 준비된 것이다.

예를 들어 무력한 아이가 화재로 죽게 됐을 때 우리는 그 잔혹한 사실을 "자연의 법칙에 의해 그렇게 된 것이니 어쩔 수 없다."라며 그냥 지나칠 수 없다. 아이가 어떤 식으로 무력했는지, 혹은 아이에 대한 부주의한 상황의 원인에 대해 생각할 것이다.

그런데 자신의 일상에서 벌어지는 상황에 대해서는 과연 어떠한가?

탐욕스러운 욕구의 틀 속에서 서로 위압을 가하거나 상대를 억누르려는 힘을 끊임없이 분출시켜 에너지를 소모해버리는 사람이 많다.

보이지 않는 마음의 힘을 자기 자신을 피곤하게 하고 망가뜨려버리는 데 쓰고 있다는 것은 상상도 하지 못했을 것이다.

그러나 그 보이지 않는 힘으로 자신을 지킬 수 있다.

사람은 영혼을 가진 존재로서 눈에 보이지 않는 정신적인 힘이 잠재되어 있다.

자신 속에 잠재되어 있는 영혼과 조화를 이룰 수 있도록 의식적으로 자신을 조종해나가는 것이 영혼이 원하는 본인의 운명을 사는 것이 된다. 그것이 이 세상에 생명을 받아 태어나 인생을 만들어나가는 자의 사명이다.

과거나 현재에도 그런 삶의 방식을 통해 인생의 고상한 목적을 실현한 사람들이 있다.

사람은 미래의 자신을 살릴 수 있는 운명을 살 수 있게 돼서야 비로소 고통과 고민에 빠지지 않고 행복을 맛볼 수 있게 된다. 그러고 나서야 보다 나은 삶을 살기 위해 필요한 모든 것을 현실 속에서 받아들이고 진심으로 삶을 즐길 수 있게 된다.

경쟁사회 속에서 필요한 것

현대의 문명사회에서는 긴장과 스트레스에 노출된 사람들이 수도 없이 많을 것이다.

온갖 상황에서 수많은 사람들이 물질적인 풍요를 얻기 위해 서로 경쟁하고 있다. 물질과 재산이 영원히 남는 것은 아니다. 그러나 사람들은 많은 것들을 가짐으로써 허영심과 공허함을 메우려 한다. 그리고 그럼으로써 마음의 안정을 얻을 수 있다고 믿는다.

그 결과 경쟁은 마치 인내력의 한계에 이르기까지 더욱더 격렬해진다.

이런 시대에서 진정으로 필요한 것이 무엇일까? 경쟁사회 속에서 치유되지 못한 채 피로에 찌든 마음이 요구하고 있는 것은 무엇일까?

세련된 지식에서 지혜를 높이고 정신적인 극복 방법을 몸에 익혀야 한다.

마음이 추구하는 곳에 영혼이 진정으로 필요로 하는 것이 있다. 필요로 하는 것에 사람은 혼신의 힘을 다해야 한다.

또한 마음을 움직이게 하는 힘은 강력하게 작용을 한다. 그 힘과 함께 인내심이 강하면 강할수록 불리한 상황에 맞서 싸워 이길 수 있다.

사람은 자신에게 이득이 되는 것과 행복해질 수 있다고 여기는 것에 전력을 다한다. 싸우지 않으면 아무것도 얻을 수 없다고 생각하고 있는 한 경쟁을 멈추지 않을 것이다.

그러나 스스로 어쩔 수 없는 상황에 닥쳤을 때, 큰 낙담을 경험하고 허무함과 고통을 한탄하게 된다.

만약 자신의 심장을 관통한 것이 본인이 직접 갈고 닦은 거만한 경쟁의 칼날이라는 사실을 깨닫게 된다면 어떻게 될까?

경쟁이라는 싸움의 결말로써 자기 자신에게 고통과 슬픔을 초래했다는 것을 깨달은 사람은 지금까지와는 달리 훨씬 나은 삶의 방향에 마음을 기울이게 된다.

깨달은 사람만이 진정한 기쁨과 행복의 문을 열 수 있게 된다.

잘못을 깨닫고 진실을 깨닫자

당신이 진정한 행복을 바란다면 행복을 방해하는 것이 무엇인지 근본적으로 깨달을 필요가 있다.

싸움의 본질, 경쟁이 불러들이는 영향, 왠지 모르게 느껴지는 불안과 공포의 원천 등, 그런 것을 이해하지 못한 채 자신의 잘못을 깨달을 수는 없다. 또한 행복을 위해 무엇을 구축해나가야 좋을지도 모를 것이다.

가장 중요한 것은 그 상태에서는 정신적인 진보도 바랄 수 없다는 것이다. 진실을 명백하게 밝히기 위해서는 잘못을 명백하게 밝혀야 한다. 진실을 올바르게 파악하려면 진실을 왜곡시키는 환상을 떨쳐내야 한다.

현실 속에서 무한한 확장을 보기 위해서는 눈에 보이는 세계에 사로잡혀 경험해온 한계와 표면적인 결과를 초월해 진실을 깨달아야 한다.

당신은 인생이 복잡하다고 생각하는가? 이 세상이 불공평하다고 느끼고 있는가?

당신은 이기적인 경쟁사회에 몸을 맡기고 쓴맛을 경험했을지도 모른다. 이미 지금의 현실에 몸서리를 치고 있을지도 모른다. 그러나 그 경험은 보다 나은 세계를 깨닫기 위해 필요했던 것이다.

진지하게 마음으로부터 행복을 향해 나아가고 싶다면 인생의 해결할 수 없던 부분들을 나와 함께 쉽게 풀어보기로 하자.

평화와 사랑으로 지켜온 세상이 있다는 것을 분명히 깨닫게 될 것이다.

경쟁의 무서움

우리 집에서는 꽁꽁 어는 겨울 동안 정원을 찾아드는 새들에게 먹이를 주고 있다. 그러면 그 먹이를 쪼아 먹으려 날아드는 새들은 내게 경이로운 광경을 보여준다.

새들은 정말로 배가 고플 때는 서로 똘똘 뭉쳐 협조하며 지내면서 절대로 싸우는 일이 없다.

그런 새들에게 약간의 먹이를 주는 동안은 아무런 일도 일어나지 않는다. 그런데 남을 정도의 먹이를 주면 순식간에 무서운 싸움이 시작된다.

어느 날 한 덩어리의 빵을 던져준 적이 있다. 빵 덩어리는 새들이 며칠 동안 굶주림에서 벗어날 수 있는 충분한 양이었다.

그런데 빵 덩어리를 던져주는 순간 격렬한 싸움이 벌어졌다. 치열한 싸움 끝에 몇 마리의 새들만이 빵 덩어리를 쪼아 먹고 배를 채웠지만 빵 주변에서 벗어나려 하지 않았다. 남겨진 빵에 다가가려는 새들에게 공격을 하기 위해서이다.

새들이 보여준 모습에서 치열한 경쟁의 무서움을 느낄 수 있다.

먹이를 많이 얻게 됨으로써 새들은 신경이 날카로워진 것이다. 아무리 먹이가 풍부하더라도 자신이 살아남기 위해서는 먹이를 빼앗기지 않으려고 경계를 게을리 하지 않는 것이다.

이 사건은 자연계의 생명체가 보여준 생존경쟁의 단편이지만, 인간 사회에서도 똑같은 광경이 떠오르지 않는가?

경쟁은 부족하기 때문에 벌어지는 것이 아니다. 풍요 속에서 벌어지는 것이다.

풍요롭고 호사스러워질수록 자신의 풍요와 호사를 유지하기 위해 경쟁의식은 격렬해진다. 반대로 나라가 위기에 빠져 있을 때는 경쟁과 다툼으로 하루하루를 보내는 대신에 배려와 공감대가 형성될지도 모른다.

타인을 위해 뭔가를 해주고 느끼는 희열, 그것은 베풀고서 느낄 수 있는 희열이다. 그런 희열은 총명한 정신이 이끌어내는 가치를 마음이 맛보는 현상이다.

모든 것을 경쟁하지 않아도 얻을 수 있다는 마음의 징후인 것이다.

경쟁의 뒤편에 감춰진 눈물의 바다

실제로 풍요롭고 부족함이 없음에도 불구하고 경쟁이 일어난다.

이 사실을 분명히 마음속에 새기고 현실에 빛을 비춰나가기 바란다.

물건과 돈에 관해서만이 아니다. 이것은 생활의 온갖 장면에서 일어나는 문제와 행동의 모든 부분에 관련이 있다.

나라와 사회에서 볼 수 있는 현상도 인생의 사건도 모두 뭔가의 결과이다. 결과에는 모두가 확실한 원인이 있다. 그 원인에는 결과로 이르기까지 도리에 어긋나는 것은 하나도 없다.

원인과 결과는 항상 떼려야 뗄 수 없는 밀접한 관계가 있다.

꽃은 씨앗에서 싹이 터서 그 모습을 드러낸다. 그 씨앗에서는 그 종류의 꽃밖에 피어나지 않는다. 다시 말해 원인 속에 이미 결과가 내포되어 있다는 것이다.

또한 결과 자체에 생명력이 없고 원인에 생명력이 있는 한, 결과는 생기가 주어져 번식할 힘을 가지게 된다.

세상은 개인적인 경쟁에서 시작되어 조직과 동료들끼리의 투쟁으로 시간을 허비하고 있다.

비즈니스 세계에서는 세계적인 점유율을 높이기 위해 치열한 경쟁이 펼쳐지고 있다. 약한 자는 쓰러지고 강한 자가 승리를 획득하고 자신의 것을 늘리기 위해 지칠 줄 모르는 위세로 끊임없이 싸운다.

이런 경쟁과 함께 부부가 서로 의무와 책임을 떠밀다가 모든 것을 잃고 관계가 깨지는 경우도 자주 볼 수 있다. 가족과 동료의 관계는 엉망이 돼서 많은 사람들이 억압감을 느끼면서 어쩔 수 없이 종속의 관계에 만족하고 있다.

말로는 형언할 수 없는 고뇌와 탄식. 고통스러운 이별과 너무 이른 죽음.

우리는 경쟁사회의 뒤편에는 견디기 힘든 고통을 감수해야 하는 생활이 있다는 것을 분명이 알고 있을 것이다.

에너지는
원인이 된다

경쟁으로 채색된 사회는 물론 그 사회현상과 서로 등을 맞대고 있는 행복하지 않은 모든 생활도 전부 하나의 결과이다. 거기에는 공통된 한 가지 원인이 있다. 우리는 그 원인을 우리의 마음속에서 찾을 수 있다.

모든 식물이 잘 자라기 위해서는 생명을 유지하고 성장하기 위한 영양분이 필요하다. 그리고 양분과 비료의 장단점에 따라 성장 결과가 달라진다.

인간 사회에서도 모든 사람의 행동이 없다면 그 활동을 유지할 수 없을 뿐만이 아니라 아무런 현상도 일어나지 않는다. 한 사람 한 사람의 행동은 각각의 마음으로부터 생겨난다.

다시 말해 사회 속에서 받는 고통과 환희는 사회의 움직임과 환경 때문이 아닌 것이다. 근본적인 원인은 사회를 유지하는 마음-우리의 의식에 있다.

생명의 본질은 내면에서 외면을 향하고 있다.

당신 내면에 축적되어 있는 에너지는 현실이라는 외부세계를 향해 방출되고 있으며 당신 자신과 자신의 능력을 나타내고 있다.

내면의 에너지인 마음의 힘은 그 성질과 방향성에 적절한 방법으로만 외부로 방출할 수 있다. 그리고 자신을 겉으로 드러내는 과정이 그 사람의 경험이 되고 수확이 된다.

종교와 정치, 사회의 조직과 구조는 마음에 에너지를 가진 사람들 각자의 활동이 만들어낸 것이다.

눈에 보이는 현상은 모두 우리의 마음으로부터 표출된 결과이다.

하나의 현상이 다른 현상을 연쇄적으로 일으키고 있는 것처럼 보이지만 어떤 현상도 근본적인 원인이 아니라 결과에 불과하다.

결과를 존재하게 하는 에너지는 원인으로부터 흘러나오고 있다. 깊은 곳으로부터 이르는 원인의 힘이 지속적으로 자극을 주고 현상을 유지하고 때로는 변화를 일으키고 있는 것이다.

근본적인 원인은 항상 내면에 잠재되어 있다

대부분의 사람들은 문제의 해결책을 추구하며 표면적인 결과에만 생각을 집중하고 있다. 원인을 비춰주는 환영과도 같은 현실의 현상에만 집착하고 부분적인 조정만으로 대처하려고 한다.

실제로는 한 가지 현상과 이어져 있는 실을 거슬러 올라가듯이 근본적으로 늘어서 있는 원인을 찾아내지 않는다면 효과적인 해결책은 찾을 수 없다.

전쟁, 사회적 정치적인 논쟁, 파벌 간의 싸움과 개인적인 말싸움, 그리고 비즈니스에 이르기까지 분쟁의 원천이 되고 있는 공통적 원인은 이기적인 생각, 다시 말해 이기주의이다.

여기서 말하는 '이기주의'란 사회와 타인의 맘에 들기 위해 행동하는 태도와 어떻게 해서든 자신만을 지키려는 자세 등, 제멋대로인 자기애를 포함한 것이다.

경쟁심 때문에 시작되는 생존경쟁은 이기주의와 동떨어진 곳에서는 발생하지 않는다. 단, 경기와 시합에서는 경쟁심이 유용한 측면도 있다.

경쟁사회 속에서 파탄하는 기업과 사업이 잘 풀리지 않는 조직들을 자주 볼 수 있다.

잘 풀리지 않는 원인은 불황과 사회정세 때문으로 치부하기 쉽지만, 그것은 원인을 착각한 것이다. 실제로는 조직 내면에 잠재되어 있는 문제점과 체질적 허약함을 드러내는 것일 뿐이다.

결과는 반드시 내부의 실태와 맞는 길을 따라 외부로 드러난다. 그 길을 없애거나 방법을 바꾼다고 할지라도 효과는 변함이 없다. 내부의 에너지는 금방 다른 수단으로 이전과 변함없는 영향을 끼친다. 즉, 내부의 체질이 바뀌지 않는 한 노골적인 실태는 바꿀 수 없다는 것이다. 인간이나 조직이나 내부의 성질을 무시한 채 방치한다면 모든 개혁이 효과를 거둘 수 없다. 내부의 성질에 눈을 돌리고 근본부터 바꾸는 개혁이라면 커다란 효과를 거두게 될 것이다.

마음이 환경을 바꾸어 간다

사람의 마음에 이기적인 생각이 달라붙어 있는 한 다툼과 문제를 해결할 수 없다. 세상은 경쟁을 첫째로 생각하고 끝없이 움직일 것이다.

자신을 최우선으로 여기는 이기적인 사고방식이나 타인과 사회에 대해서는 전혀 생각하지 않는 태도. 그런 근본적인 원인이 사라지지 않는다면 사회나 조직, 사람도 바뀌지 않는다.

경쟁을 격화시키는 환경과 사람들의 분쟁은 마치 대지를 뒤덮고 있는 가지처럼 뻗어 나간다. 그 가지에 고통의 열매를 맺게 하는 것은 나무뿌리에 해당하는 한 사람 한 사람의 이기주의이다. 이 거대하게 자라난 나무는 아무리 가지를 잘라낸다고 하더라도 별 차이가 없다. 법률적인 수단과 환경만을 정리하는 개혁을 시도한다고 하더라도 고작해야 가지를 잘라 방자함을 막는 정도에 지나지 않는다.

이상도시를 향한 멋진 대처 방법이 있다.

아름다운 과수원으로 둘러싸인 낙원 도시. 그곳의 주민은 서로 신뢰를 쌓아가며 쾌적하게 생활하고 있다. 항상 배려 깊은 정신으로 서로가 접촉을 하며 이상적인 활동을 전개해나간다.

그러나 이것은 현재로서는 그저 꿈에 불과하다. 설령 이런 도시를 지을 수 있다고 하더라도, 주민들이 마음속에 자리 잡고 있는 이기심을 극복하지 못한다면 그 상태는 그리 오래 지속될 수 없다.

단 한 명의 이기심이 얼마 못가 다른 주민들에게 퍼져나가 도시 전체를 갉아먹게 된다.

과수원의 나무들은 잘려 나가고 아름다운 도시의 경관은 경쟁하는 상업지와 시끄러운 시설들로 변해버릴 것이다. 그러는 사이 수용소와 고아원 등도 필요하게 될 것이고 판단력이 부족하고 이기적인 사람들을 위해 표면적인 수단을 취하게 된다.

아름다운 이상으로 가득한 도시에 필요한 것은 자기방어가 아니라 헌신적인 정신이다.

이상적으로 여겨지는 도시를 건설하는 것보다도 우리 자신의 마음에 사회와 타인의 일에 대해 생각하는 마음을 키우는 것이 중요하다.

자기중심적인 마음을 버리고 사랑을 키우려는 남성과 여성이 늘어난다면, 마음이 만들어내는 문젯거리와 경쟁 대신에 모든 도시가 평화롭고 이상적인 도시로 바뀌고 번영해나갈 것이다.

이기주의라는 커다란 벽

지금까지 이기적인 사고가 경쟁의 불씨가 된다는 것과 이기주의가 사회를 이익 우선의 경쟁으로 내몰고 있는 원인이라는 것을 깨달았을 것이라고 생각한다.

또한 사람은 어쩔 수 없이 이기적인 생각과 제멋대로인 사고를 마음속에 품게 마련이라는 것은 당신 자신도 잘 알고 있을 것이라고 생각한다.

원인을 바꾸지 않는 한 결과는 바뀌지 않는다. 원인이 있는 한 그 영향을 멈추게 할 수 없다.

그렇다면 우리의 이기적인 생각이나 사고를 어떻게 다루는 것이 좋겠는가?

인생에서 문제를 일으키는 말썽과 맞서 깊이 생각해온 사람과 사람들의 고통과 고뇌를 이해하려고 노력해온 사람은 이기주의가 인간을 행복하게 해주지 않는다는 것을 깨닫고 있을 것이다.

일단 이것을 깨닫는 것이 하나의 진리를 깨닫는 것이 된다. 그로 인해 자기 자신의 이기적 생각과 자기중심적인 생각을 깨뜨리려하게 될 것이다.

그런데 자신이 이기주의로 살지 않으려고 노력하더라도 주변의 이기적인 사고와 행동이 눈에 들어오게 된다면 이기적으로 살아가는 사람들과 이기적인 사회에 반발을 품을 수도 있다. 그래서 이기주의의 커다란 장벽에 부딪혀 주변 사회에 대한 무력한 자신을 깨닫고 말 것이다.

이것은 아직 당신이 이기주의에 대해 아직 잘 이해하고 있지 않다는 증거이다. 그러나 당신은 이미 두 가지 새로운 변화를 경험하고 있다.

첫 번째는 이기적이어서는 안 된다고 생각하게 돼서 스스로 변하려는 노력을 하는 것.

두 번째는 주변의 이기주의에 대해 아무것도 할 수 없는 무력함을 깨닫는 것.

자기 자신의 이기적인 부분을 극복하려고 함으로써 당신은 이전보다 성장하고 있다. 그러나 '사람을 변화시키겠다.' 고 하는 마음은 자기중심적인 생각인 것이다.

벽을 뛰어넘는
두 가지 길

이기주의의 장벽을 앞에 두고 느끼는 무력감-이것은 두 가지 방법 중 한 가지를 선택해야 하는 징조이다.

당신에게는 선택할 수 있는 길이 두 가지 있다.

하나는 낙담하고 포기하여 원래의 이기주의로 돌아가는 것. 또 한 가지는 이기주의에 대해 좀 더 깊이 생각해보는 것이다.

장벽 앞에 섰을 때, 곤란으로부터 벗어날 수 있는 길을 찾을 때까지 현실을 제대로 직시하고 생각해야 한다.

물론 포기하는 것도 한 가지 방법이다. 그러나 포기하기 전에 중요한 것에 대해서는 깊이 살피고 깊이 생각해보자. 그렇다면 좋은 방법을 찾을 수 있을 것이다.

사실을 받아들이고, 생각하고, 조사하고, 분석하자.

문제와 말썽과 맞설 때는 이런 것들을 되돌아보며 앞으로 전진해야 한다.

그러면 하루하루 마음의 성장을 이루면서 깊이 이해하고 지식을 넓혀 갈 수 있다.

이기주의에 대해 생각하는 것을 과제로 삼고 있는 동안에 당신은 중요한 것을 깨닫게 될 것이다.

세상의 이기주의에 대해 분투하는 것이 자기중심적인 생각이라는 것. 타인들이 자신의 내면에 품고 있는 형태(생각과 방법)에 정신 팔리지 말고 자기 자신의 이기적인 생각을 뿌리째 뽑아버리는 것이 커다란 이기주의에 영향을 끼친다는 것.

이 사실을 진정으로 깊이 이해할 수 있다면 당신은 정신적으로 높은 성장을 이룰 수 있을 것이다.

각성된 마음은 올바르고 똑바로 뻗은 길을 깨닫는 것이다. 이를 가진다면 흐릿하게나마 '올바른 길'의 입구를 볼 수 있을 것이다.

스스로 엄격하게 고쳐 나간다

자신의 커다란 과실에 대해 깊이 생각하지도 않고
어째서 남의 작은 과실에 눈을 돌리는 것인가?
자신의 커다란 과실에 눈을 돌리지 않고
어째서 남의 과실을 지적할 수 있겠는가?
자신의 과실을 눈감아 버리는 위선자,
먼저 당신 자신의 과실을 떨쳐버려라.
그리고 남의 잘못을 올바르게 고쳐주어야 한다.

이 말이 당신 자신에게 도움이 되도록 하라. 남에게 전하거나 가르치는 데 도움을 주려 하지 말고 자기 자신을 위해 당신이 먼저 실행으로 옮겨라.

남에 대해 판단하기보다 먼저 자신에게 엄격한 눈길을 돌리지 않는다면 분쟁과 투쟁에 물들지 않는 방법을 알게 될 것이다.

그러면 이기적인 경쟁과는 아무런 인연도 없는 삶을 살 수 있게 된다. 그리고 타인과 사회 전체를 생각할 수 있는 마음을 가질 수 있게 될 것이다.

그 결과, 자신이 휩쓸리고 있는 문제와 말썽거리는 마법처럼 인생으로부터 사라져버린다. 지금까지의 자신이 이기적인 생각으로 기쁨과 행복을 추구해왔다는 것도 깨닫게 될 것이다.

한 사람 한 사람이 정신적으로 성장한다면 세상은 보다 나은 세상으로 바뀔 것이다. 한 사람 한 사람이 보다 나은 삶을 산다면 주변 사람들에게 좋은 영향력이 퍼져나가기 때문이다. 그리고 뒤를 이을 사람들이 나타나게 될 것이다.

좀 더 올바른 삶의 방식만으로 어둠의 힘은 시들어버릴 것이다.

자신의 방법을 고취시킨다

자신의 이기심과 경쟁심을 버리더라도 주변 사회의 이기주의로 인해 고통을 받게 되는 것은 아닐까?

자신이 과실을 바로잡고 문제와 말썽에서 벗어난다고 하더라도 여전히 주변으로부터 피해를 받는 것은 아닐까?

이런 의문을 품고 있는 사람이 많을 것이다.

대답은 'No!', 그런 일은 절대로 없을 것이다.

당신 속에서 공정한 질서가 확실하게 자리를 잡는다면 아무런 방해도 받지 않을 것이다.

이기주의의 영향은 자신의 이기적인 행동 때문이다. 자기중심적인 마음을 극복한 사람에게 이기주의의 영향이 끼치는 것 자체가 불가능한 것이다.

사람은 자신의 이기심이 반영된 환경 속에서 고통을 겪게 된다.

경쟁주의로 몰리는 것은 경쟁을 좋아하는 이기적인 사람들이다.

그런 집단 속에서 그들은 서로 고통을 주고 있다.

표면상으로는 누군가의 죄 많은 행위 때문에 고통을 겪고 있는 것처럼 보이지만, 서로 자신이 피해를 받았다며 아무런 도움도 되지 않는 경쟁만 하고 있다.

이 세상은 모든 부분을 완전히 조정하면서 전체의 조화를 유지하고 있다.

자신의 행위가 끼치는 영향은 전체 속에서 조화를 꾀하기 위해 조정된다. 그 조정의 영향이 자기 자신에게 되돌아오는 것이다.

사람은 누구나 자신의 방식으로 살아가는 것이지 남의 방식대로 살고 있지 않다. 자신이 선택한 방식과 마찬가지 레벨에서 살고 있는 사람들 속에서 똑같은 고통과 아픔을 안고 있다.

무례하고 공정한 질서를 깨닫지 못하는 사람들이 있더라도, 그들보다 높은 차원으로 살아간다면 그 사람들의 영향을 받지 않아도 된다.

무지한 광경과 풍요로운 세계

나무나 식물들의 뿌리는 그 식물에게 필요한 영양분을 어둠속에서 더듬어 찾는 것과 마찬가지로 땅속에서 찾아내 흡수하고 있다.

'이기주의의 나무'는 '무지의 토양'에 뿌리를 내려 불운과 고통의 양분을 빨아들여 무성해진다.

내가 말하는 '무지'란 배움이 부족하다는 것을 가리키는 것이 아니다. 배운다는 것 자체를 모르는 것이다.

이기적인 사람들은 지식을 향상시키고 '계발(啓發)의 원천'으로부터 멀어져 어둠속으로 모여든다. 모든 것을 제대로 알지 못한 채 알려고도 하지 않고, 모르기 때문에 자신의 방식과 규율이 없기 때문에 충동적으로 분쟁과 경쟁의 법칙을 따르고 만다.

본인은 자각하지 못하고 있지만 어쩔 수 없이 분쟁과 경쟁의 법칙에 얽매여 있기 때문에 고통을 느끼고 있다.

우리는 멋진 일들로 가득한 세상에 살고 있다. 정신적으로도, 지적으로도, 물질적으로도, 누구나 누릴 수 있을 만큼 충분히 풍요로운 세상이다.

사실은 모든 사람이 멋진 세상을 음미할 수 있다.

그럼에도 불구하고 어처구니없게도 무지한 광경을 접하게 되는 것이다.

수많은 사람이 일상생활을 위해 일에 쫓기고 있다. 한편 이미 필요한 만큼의 풍요를 누리고 있으면서도 더 많은 풍요를 쌓으려고 하는 사람들이 있다. 그것이 진정한 행복과 인생의 기쁨을 스스로 해치는 것이라는 사실을 깨닫지도 못한 채.

모든 사람에게 다 돌아갈 만큼의 것이 있어 공평하게 나눌 수가 있는데도 더 많이 갖기 위해 경쟁한다. 인간이 동물들보다 어리석어진 것일까?

무지가 심하면 심할수록 이런 일이 일어난다. 지혜와 진실에 밝고 사리사욕을 채우려 하지 않는 사람의 눈에는 경쟁하는 것이 이상하게 여겨지듯이, 무지한 상태에서는 경쟁하지 않는 것을 이상하게 여길지도 모른다.

'공정의 법칙'

사람들이 음식과 의복, 토지와 재산을 위해 고전분투하고 있는 속에서 개인적인 득실과는 상관없이 '공정의 법칙' 이라는 것이 작용하고 있다.

그렇다고 해서 아무런 의사도 없는 법칙이 특별한 호의와 부당한 벌을 내리는 경우는 없다. 우리 모두에게 눈에 보이지 않게 공평하고 확실한 영향을 끼치고 있을 뿐이다.

완전한 진실,
그것에는 천벌도 용서도 없다.
나무랄 데 없는 균형의 측량.
심판에 시간은 기한이 작용하지 않는다.
내일은 그 심판이 내려질 것이다.
아니, 훨씬 뒤일지도 모르겠다.

부자든 가난하든 간에 자기중심적이라면 그 고통을 떠안을 것이다. 누구나 자신의 잘못에서 벗어날 수 없다. 부자라면 행복할 것이라고 생각할지 모르지만, 돈과 재산이 많은 사람은 그 사람 나름대로의 고민이 생기기 마련이다.

게다가 부자는 그 생활을 유지하기 위해 돈을 써야 하며, 그 돈이 가난한 사람에게 돌아간다고 볼 수도 있다.

오늘 가난한 사람은 내일의 부자이다. 그리고 그 반대도 가능하다.

지옥에는 안정도 안심도 없다. 때로는 어떤 이유로 인해 고뇌가 중단된 동안만 안정과 안심을 느낄 수 있을 뿐이다. 두려움도 커다란 그림자처럼 따라다니고 있다.

이기적인 수단으로 원하던 것을 손에 넣은 사람은 그것을 잃을 수 있다는 불안과 공포로 초조해 하고 있다.

물건과 돈에 집착하고 자기밖에 모르는 사람은 항상 부족함으로 초조해 한다.

그리고 싸움과 투쟁을 하며 서로 더 많이 차지하려는 세상에 있는 사람들은 예외 없이 죽음에 대한 엄청난 두려움을 품고 있다.

어리석은 망상이 또 다른 망상을 부른다

어리석은 망상에 사로잡히면 모든 일이 법칙에 따라 진행된다는 사실을 깨달을 수가 없다. 영원히 지속되고 있는 생명의 법칙을 이해할 리가 없다.

어리석은 사람은 눈에 보이는 것의 형태에 가치를 두고 그것을 쾌적함과 행복의 조건으로 삼고 있다. 그리고 행복이라는 형태의 망상을 현실의 행복으로 여기며 추구한다.

그렇기 때문에 생활에 필요한 것을 얻는 것을 최우선 과제로 삼으며, 원하는 것을 경쟁을 통해 손에 넣어야 한다며 투쟁을 하고 있다.

생활비를 벌고 재산을 확보하기 위해서 타인과 싸워 자신을 지키려고 하는 모습은 지성을 갖고 있지 않은 동물적 방어본능에 지나지 않는다.

항상 주변을 경계하고 싸울 태세를 취하지 않는다면 입에 물고 있는 빵까지 빼앗길 거라고 여기고 있는 듯하다.

망상은 또 다른 망상을 낳는다. 고통을 겪게 되더라도 망상을 현실이라고 믿는 한 망상의 세계는 계속된다.

사람은 의식주를 충족시키기 위해 사는 것이 아니다.

'원인이 결과를 불러들인다.' 라고 하는 자연의 구조에 비추어 생각해보면, 풍요로운 의식주는 행복을 가져다주는 근본적인 '원인' 도 아니며 사람의 마음에서 없어서는 안 되는 '결과' 가 아니라는 것을 깨달을 수 있다.

눈에 비치는 것의 형태가 행복의 형태라는 '망상' 에 불과하다는 것도 이해할 수 있을 것이다.

정말로 필요한 것은,
'본질적으로 필요한 것'

그렇다면 사람의 행복을 위한 '근본적 원인', 사람에게 행복을 가져다주는 것은 무엇일까?

나무와 식물(본질)이 그 식물에 없어서는 안 되는 양분(요소, 원인)을 흡수해서 생명을 유지시키며 성장하는(결과) 것을 떠올리기 바란다. 본질이 생생하게 존재하기 위해서는 본질이 없어서는 안 되는 '근본적인 요소(원인)'이 필요하다.

식물처럼 사람(본질)이 생동감 넘치게 살아가기 위해 '필요한 것'은 사람을 성장하게 만들어주는 영원히 변하지 않는 정신적 요소 즉, 성실, 신뢰, 정의, 헌신, 배려, 그리고 사랑이다.

의식주를 얻을 수 있게 해주는 물건과 돈에는 생명 에너지가 없다. 눈에 보이는 물건에 에너지를 불어넣는 것은 마음을 가진 인간이다.

물건과 돈에는 미덕이나 부덕이라는 의식과 판단이 없다. 그러므로 물건과 돈 자체는 환희나 고통을 느낄 수가 없다. 그것을 느낄 수 있는 것은 사람들의 의식이다.

대부분의 사람이 눈에 보이는 자신의 육체가 진정한 자신이라고 여길 수도 있지만, 몸은 눈에 보이는 물질적인 세계이고 인간의 형태를 취하고 존재할 수 있게 하는 도구에 불과하다.

다시 말해 자신을 비추기 위한 매체이다. '죽음' 을 맞이하면 몸은 그 역할을 다하여 폐기되고 만다.

사람의 '본질' 은 눈에 보이지 않는 영혼(마음)이다. 눈에 보이는 모습을 필요로 하는 것은 눈에 보이는 존재를 중시하는 사람의 '의식' 인 것이다.

사람의 '본질' 인 영혼(마음)을 드러내는 것이 인격이다.

인생은 그 인격을 드러내 만들어지는 것이다. 그리고 행복은 영혼(마음)으로써 존재하고, 인격을 높임으로써 쌓아 올릴 수 있는 것이다. 인격은 훈련을 통해 육성할 수 있고 영혼(마음)으로서의 자신(본질)이 영원히 지속됨으로써 비로소 자기 자신임을 확신할 수 있는 것이다.

그것이 사람에게서 없어서는 안 되는, '반드시 필요한 것' 이다.

마음이 추구하는
위대한 인생의 의미와 가치

"나는 훌륭한 인생을 살기 위해 능력을 쌓으며 더 높은 지위를 지향하고 있다."

이렇게 말하는 사람이 있는데 여기서 훌륭한 인생이란 과연 무엇일까?

만약 그 사람이 인생에서 '훌륭한 것'이 무엇인지 그 의미를 알고 있다면 이런 말을 하지 않았을 것이다. 어떤 사람의 인생에 대해 훌륭하다는 가치를 확신하고 있다면 '훌륭한 지위에 오르는 것'을 목적으로 삼지는 않았을 것이다.

이 사람은 돈과 물건, 지위와 같은 '훌륭한 인생으로 보이는 형태'에 가치를 두고 그것을 신뢰하고 있다. 그리고 그것을 삶의 목적으로 착각하며 추구하고 있는 것이다.

인생에서 중요한 것은 마음이 추구하는 올바른 길과 진실을 이끌어내는 것이다.

사람은 언제나 자신이 중요하다고 믿고 있는 것을 무시할 수 없다. 또한 자신에게 중요하다고 여겨지는 것은 희생하기 쉽다.

가장 중요한 것이 무엇인지를 깨닫는다면 경쟁과 싸움을 멈추고 서로 마음을 열며 사는 방법에 눈을 뜨게 될 것이다.

천국과 지옥의 경계선은 이를 깨닫지 못한 사람 사이에는 눈에 보이지 않지만 확실한 선이 그어져 있다.

'올바른 길' 이 인도해주는 온화한 장소

사람은 영혼이 추구하는 '올바른 길' 의 아름다움과 흔들리지 않는 강인함을 깨닫는 순간부터 자기 자신에 대한 마음의 자세가 바뀐다. 그것은 당신 주변 사람들과 인생에서 벌어진 사건에 대한 자세까지도 바꾸게 되는 것이다.

대부분의 사람은 자신을 지키려고 하는 자기애에 사로잡히기 쉽지만 소중한 것이 무엇인지 깨달은 사람에게는 그런 자기애의 존재가 점점 옅어져 간다.

자신만은 반드시 지켜야 한다는 '자기방어' 의 충동이 사라지는 대신에 욕구와 욕망과 싸워 이겨내 자신의 존재를 주장하는 자세를 버리는 자기방치의 훈련이 마음을 점령하기 시작한다(본질적인 자신에 대한 신뢰가 쌓이면 자신의 존재를 주장하지 않더라도 안심할 수 있기 때문이다).

또한 타인의 행복을 자신의 행복으로 느끼고 있기 때문에 자신의 득실을 신경 쓰지 않고 겉으로가 아니라 진심으로 헌신하여 큰 기쁨을 얻을 수 있다.

따라서 정신을 높임으로써 자연에 자신을 표출해야 하는 경쟁을 초월한 삶이 되는 것이다.

단, 경쟁의 정신이 전혀 없어서는 안 된다.

이성이 없는 충동을 조절하는 자신과의 싸움에서 경쟁의 정신은 빛을 발휘한다.

높은 산에 오른 사람에게 낮은 계곡에서 일어나는 소동은 들리지 않는다.

산에서 내려다보는 눈에 구름은 비를 내리고 천둥번개의 벼락을 내린다. 그러나 짙은 안개도, 거친 폭풍도, 온화한 곳에 서 있는 사람에게 영향을 끼치지는 못한다.

태양이 빛나는 온화한 곳에는 아무런 피해도 주지 못한다.

세련된 법칙의
사랑으로 가득한 방법

정신적으로 높은 인생을 사는 사람에게 낮은 수준의 법칙이 영향을 끼치는 일은 없다. '사랑으로 가득한 방법' 이 그 사람의 법칙에 대한 충성심에 의해 지켜지기 때문이다.

'사랑으로 가득한 방법' 은 보다 나은 삶을 살기 위해 필요한 것을 시의적절하게 가져다준다.

수준이 높은 법칙 속에 사는 사람의 마음에 돈과 재산, 눈에 보이는 물건에만 가치를 두는 세상의 사고는 떠오르지 않는다.

사람에게 도움이 되는 일과 사람에게 힘을 빌려주는 것, 자신의 사명과 임무를 다하는 것이 보수를 받는 것보다도 그 사람의 인생에서는 소중한 것이다.

일상 속에서 '올바른 길' 을 따라 살아가는 인생에는 모든 것이 올바를 때 올바른 방법으로 찾아온다. 마치 이기주의의 길에 고통과 분쟁이 빈번히 발생하는 것처럼, 올바른 길에는 헤아릴 수 없는 기쁨과 평화의 꽃이 만발할 것이다.

이런 인생을 살아가는 사람의 마음에 불안과 근심, 두려움과 실의 등, 마음을 흩뜨리는 근심과 말썽의 불씨는 없을 것이다. 격렬한 경쟁사회 속에서도 온화하고 평화로운 삶을 유지할 수 있다.

설령 지옥 속을 걷는다 할지라도 머리카락 한 올조차 불에 타지 않을 것이다.

이기적인 사자에 둘러싸이더라도 날카로운 이빨의 피해를 받지 않을 것이다. 그들의 이기심과 흉악함은 억제되고 입조차 열지도 못할 것이다.

인생의 격렬한 전투가 벌어지는 속에서 하나둘씩 주변 사람들이 쓰러진다 할지라도, 당신은 쓰러지거나 방황하지 않을 것이다. 치명적인 탄화도, 독이 묻은 화살도, 정의의 갑옷을 뚫을 수는 없다.

불안과 공포, 욕망의 끈을 놓고 고통으로 가득한 이기적인 인생에서 자유로울 수 있다면 현실 세계는 끝없이 펼쳐져 나간다. 마음은 기쁨과 즐거움으로 더더욱 빛을 발하게 될 것이다. 온화하고 충실한 인생이 당신 앞에 길을 만들어줄 것이다.

무엇을 먹고
무엇을 마시고
무엇을 입을지

그런 것에 신경을 쓰지 않더라도
신은 당신에게 무엇이 필요한지 알고 있다.

무엇보다 먼저
신의 왕국을 찾아라.
그리고
그곳으로 가는 '올바른 길' 을 추구하라.

그러면 당신이 필요로 하는 것은 모두 이루어질 것이다.

올바른 길을 찾는 여정

3

근본적인 구조의 발견

ⓒ Photographer JeongJae Kim

The future starts today, not tomorrow.

미래는 오늘 시작되는 것이지 내일 시작되는 것이 아니다.

Ioannes Paulus 2

자신을 바꾸기 위해 필요한 것

진정하라, 나의 영혼아
평화가 너의 것이라는 걸 깨달아라.

마음을 굳게 먹어라.
신으로부터 물려받은 강인함을 깨달아라.

너에게 어울리도록 흔들리는 마음을 진정시켜라.
영원의 평온을 찾아라.

행복은 어떻게 하면 찾을 수 있을까?

일이 잘 풀리지 않는 상황 속에서 어떻게 하면 더 나은 방향을 찾아낼 수 있을까?

이기심이 일이 잘 풀리지 않는 원인이라는 것을 알고 있더라도 실생활 속에서 이기적인 자신을 깨닫는 것은 쉬운 일이 아니다. 자신 속에 있는 생각은 마음속에 깊이 정착하고 퍼져나가고 있기 때문에 무엇이 잘못되었는지를 찾기란 어려운 일이다.

그렇다면 어떻게 자신의 이기적인 부분을 깨닫고 바꿔나가면 좋은 것일까?

자신을 보다 나은 상태로 바꿔나가기 위해서는 '자성' 과 '자기분석' 의 과정이 필요하다.

'자성' 이란 자신의 언행과 마음가짐에 잘못이 없는지를 생각하는 것이다. 그리고 '자기분석' 이란 마음에 있는 생각과 사고를 명확하게 하는 것이다.

자신이 어떤 식으로 이기적이었는지를 깨닫지 못한 채로 이기심이 자연스럽게 사라지지는 않는다.

빛을 받아들이면 어둠은 사라진다. 지식을 쌓으면 무지가 해소된다. 이기주의는 사랑을 깨닫게 됨으로써 해소할 수 있다.

'인생의 근본적인 구조'에 도달하는 공정

이기적인 마음에는 안정감이 결여되어 있기 때문에 온화한 기분을 느끼기가 어렵다. 또한 자신의 행복이 무엇인지를 깨달아가는 공정이 현실적인 사건의 '근본적인 구조'를 해명해준다는 것도 알지 못한다.

그러나 '근본적인 구조'의 법칙에 생각을 일치시켜나간다면 불안을 떨쳐버리고 안정된 마음으로 살아갈 수 있게 된다.

그러면 지금까지 느껴온 구속과 속박은 마음의 필요에 의해 추구한 것이라는 것을 깨닫고 자신을 이상적인 방향으로 바꿔나갈 수 있게 된다.

무엇보다도 먼저 당신의 이기적인 부분을 버리겠다고 마음속으로 결정해야 한다.

자기중심적이고 이기적인 행동이 인생에 재난을 가져다준다는 것을 인식하고 선량한 장점만이 자신의 가치가 된다는 것을 기억하자.

앞으로 당신은 인생의 유능한 책임자로서 자신을 고양시켜 나가자. 그러기 위해서는 신념이 필요하다. 마음의 준비가 되지 않았다면 성장도 달성도 바랄 수 없다. 자신 속에 올곧은 생각과 높은 정의, 강한 인내력이 잠재되어 있다는 것을 믿자.

그리고 올바른 생각과 완벽하고 선량하게 살아가는 자신을 마음에 품고 최대한의 노력과 열의로써 그런 자신을 향해 나아가지 않으면 안 된다. '이상을 향하겠다.' 라고 하는 신념을 더욱더 굳건히 갖자. 그것이 당신을 성장시키는 밑거름이 될 것이다.

램프를 정성스럽게 닦고 기름을 붓듯이 마음의 불꽃 계속해서 피우자. 빛나는 불꽃이 없다면 암흑을 밝힐 수 없다. 당신 앞에 길게 뻗은 길을 발견할 수도 없다.

불꽃이 커지면서 더욱 밝아지듯이 의지와 힘과 자신에 대한 신뢰를 고취시키는 것이 큰 도움이 될 것이다. 신념의 램프가 지식의 빛을 대신할 때까지 성장을 늦추지 말자.

이윽고 당신의 지식수준이 '인생의 근본적인 법칙' 의 정신에 도달할 때가 찾아올 것이다.

그리고 표현하기 힘들 정도의 아름다움과 장대한 조화 속에 살고 있다는 놀라움으로 인해 마음은 지금까지 맛보지 못했던 희열을 느끼게 될 것이다.

행복으로 가는 입구

자기 통제 능력을 높여 사악한 생각과 자신만을 생각하는 사고를 버리는 '정신의 정화' 를 시도하자.

그런 훈련을 지속하면서 사람은 마음으로 추구하는 행복을 향해 나아갈 수 있다.

누구나 간단히 쉽게 걸어갈 수 있는 길이 결코 아니다.

그 좁은 입구는 이기적인 잡초로 뒤덮여 있다. 그러므로 입구를 발견하는 것조차 어려울 수도 있다. 그렇기 때문에 일상 속에서 자신을 돌아보며 깊은 사고를 해야만 한다.

조용히 사색에 잠기는 습관이 몸에 배이지 않는다면 정신력을 소비하는 것은 물론 마음의 강인함을 지속적으로 유지하는 힘이 사라지고 만다.

음식을 먹음으로써 몸을 회복시키고 에너지를 보충하는 것과 마찬가지로, 정신에도 '필요한 자양분' 을 공급해야만 한다. '마음을 안

정시키고 깊은 사색에 잠기는 것' 이 정신에 필요한 것이다.

마음이 추구하는 진정한 행복의 의미와 가치를 진지하게 추구하고자 하는 마음의 결심이 선 사람의 대부분이 '명상' 에 심취해 있다.

마음과 마주하고 자신의 감정과 의식을 깊이 고찰하기 위함이다.

본질적인 자신의 장점과 독자의 소질과 능력을 발전시키고 그것을 인생에서 활용해나가는 자신을 실현해나간다. 그 종착점이라고 할 수 있는 '완성도가 높은 인생' 의 길을 찾기 위함이기도 하다.

명상은 마음의 강인함을 유지하기 위해, 그리고 정신을 단련시키기 위해 효과가 좋은 훈련으로 크게 도움이 될 것이다.

인생을 완성시키는 길

인생에서 완성도 높은 골인점으로 이어지는 길에는 세 가지 관문이 있다.

첫 번째는 '욕구를 버리기' 이다. 두 번째는 '평가를 버리기' , 그리고 세 번째는 '자아(자각과 의지를 지닌 자신의 의식)를 버리기' 이다.

이 세 가지 관문이 정신의 정화를 촉진시킨다.

명상을 통해 자신의 욕구를 인식하고 그 내면에 어떤 생각이 있는지 의식 속을 거슬러 올라간다. 그리고 인생과 인격에 대한 그 욕구의 영향을 추구한다.

막연했던 자신의 욕구를 파헤침으로써 그 욕구를 버리지 않는다면 자기 자신을 포함한 환경과 상황에 계속해서 사로잡히고 만다는 것을 깨닫게 될 것이다.

이 '사로잡혀 있다.' 는 뜻을 이해할 수 있다면 '욕구를 버리기' 라는 첫 번째 관문에 들어서게 된다. 첫 번째 관문에서는 '정신의 정화' 의 최초 단계—자제(감정과 욕망을 처리하는 것)가 몸에 배게 된다.

그때까지는 식생활과 수면을 시작으로 하는 욕구를 전혀 절제하지 않았을지도 모른다. 또한 기분전환을 위해 쾌락을 추구했을 수도 있다. 자신의 행동에 의문을 품지도 않고 도리와 상관없이 '하고 싶어서 한다.' 라고 하는 마음이 우선된다면 더 나은 인생을 만들 수 없다.

그러나 자제심이 생기면 충동적인 습관을 억제하고 감정을 조종할 수 있게 되어 자율적이고 안정된 마음을 유지할 수 있게 된다.

또한 기분에 따라 쾌락으로 흘러버리는 행동을 멈추고 바람직한 자신에 걸맞은 행동을 하도록 조심하게 된다. 그리고 생활에 이상적인 규칙을 세움으로 인해 고치지 않으면 안 되는 습관에 대해 의식하게 될 것이다.

이상적인 방식의 생활

예를 들어 '불규칙적인 생활습관이 좋지 않다.' 라고 의식한다면 수면과 식사시간을 확실하게 정하고 규칙적인 생활에 어울리는 습관으로 전환할 수 있다.

그리고 하루 종일 게으른 생활을 하며 밥을 먹고 싶을 때 밥을 먹는 식의 불규칙적인 생활이 개선된다.

'편식하는 습관이 건강에 좋지 않다.' 라고 의식하게 된다면 폭음 폭식과 극단적인 채식주의, 과음 등의 습관에서 벗어나 자극적이지 않고 영양가가 높고 풍성한 자연의 풍요를 즐기게 될 것이다.

이런 생활을 지속함으로써 자신을 관리하고 언행과 마음 상태에 대해 생각하는 것(자성)이 습관이 될 것이다.

그리고 본인의 욕구 경향과 그 욕구를 마음에 품게 된 이유, 자신과 인생에 끼친 영향 등을 점점 명확하게 파악할 수 있게 된다.

그때까지 단순히 욕구를 억제하고 제어해왔다고 생각했던 것들이

적절하고 충분한 방법이 아니었다는 것을 깨닫게 될 것이다.

여기까지 도달했다면 자신의 일부가 되어 있는 욕구를 버리고 의식 속에서 씻어버려야 한다는 것을 깨닫게 될 것이다.

그러나 마음을 탐구하는 단계는 유혹이라는 어두운 골짜기로 들어가는 것이기도 하다.

욕구는 노력 없이는 절대로 사라지지 않는다. '욕구를 버리는 것'을 생각하기 전까지는 인내심 강하게 마음의 힘을 몇 번이고 일깨워 가면서 지속적으로 노력해야 한다.

신념의 램프는 몇 번이고 기름을 붓고 열심히 닦아내야만 한다.

그 램프의 빛이 깊은 골짜기의 캄캄한 어둠 속에서도 마음의 탐색을 도와줄 힘이 되어줄 것이다.

첫 번째 관문
'욕구를 버릴 것'

마음의 조절을 시작하는 순간에는 '욕구'가 마치 조련당하기를 거부하는 야생 동물의 울부짖음처럼 채워지기를 요구하기 시작한다. 싸울 의지가 꺾이듯이, 요구를 따르도록 사사건건 의식을 불러일으키고, 결국에는 끊임없는 소동을 일으키게 될 것이다. 이것을 극복하는 것이 최대의 난관이다.

'욕구'의 마지막 몸부림은 관심을 끌 수 없게 되어 무조건적으로 포기하고 자멸하지 않는 이상 진정이 되지 않는다. 완전하게 의식을 무시할 수 있게 되지 않는 한 극복할 수는 없다.

그러나 이 골짜기에서 벗어나게 된다면 자기 통제, 자기 신뢰, 맞서 싸우는 정신, 자주성이 있는 생각 등, 전진하기 위해 필요한 힘이 강화되어 있을 것이다.

또한 이 시기에 야유와 조소, 부당한 비난 등을 받을 수도 있다.

진심으로 친하게 지냈던 친구조차 "바보 같아."라거나 "모순됐다.”라는 식의 온갖 비난을 하게 될지도 모른다. 주변 사람들은 모두 본인 이상으로 그 사람의 변화를 깨닫기 때문이다.

제멋대로에 계산적이고 불화와 다툼이 많은 동료들은 자극과 피해의식이 얽혀 있는 생활밖에 모르기 때문에 열심히 자신들과 같은 세계로 끌어들이려 한다.

무지한 눈으로 본다면 자신들과 다른 세계는 아무 즐거움도 없는 무미건조하고 얻을 것이 전혀 없는 것처럼 여겨지는 것이다.

처음에는 주변의 이런 태도에 견디기 힘든 고통을 겪기도 하지만, 결국 그것은 자기 자신의 허영심과 이기심에서 생겨난다는 것을 깨닫게 된다.

‘마음에 들고 싶다.’, ‘대단하다는 소릴 듣고 싶다.’, ‘잘한다는 칭찬을 받고 싶다.’ 고 하는 미묘한 욕구가 마음속에서 용솟음치고 있는 결과이다. 그 욕구는 의식 속에 빠져들어 자각될 것이다. 그렇게 된다면 주변의 영향으로 인한 고민도 길어지지 않는다.

고독한
슬픔

여기까지 오게 되면 당신은 의연하게 자신의 마음을 의식의 힘으로 효과적으로 다룰 수 있게 된다. 주변의 목소리도 내면의 적(욕구)의 소리에도 신경 쓰지 않고 앞으로 더 나아갈 수 있을 것이다.

향상심과 탐구심, 그리고 노력의 도움을 받아 이상을 향한 희망에 눈이 빛나며 하루하루 자기중심적인 동기와 이기적인 욕구를 배제해나가게 된다. 때로는 방황하고 정체되기도 하지만 성장을 지속하며 상승해나가게 된다.

밤마다 차분한 마음으로 하루하루의 진보가 각인되어간다. 앞이 보이지 않더라도 지속적인 싸움, 달성되지 않았지만 무언의 시험을 통한 승리감을 맛보게 된다.

실패와 좌절이 있더라도 실망하는 일은 결코 없다. 자기 자신의 극복을 향하는 마음에는 오늘의 실패가 내일의 진보가 되기 때문이다.

반면에 계곡을 벗어나지 못하고 방황하는 사람은 어떤 모습을 하고 있을까?

계곡을 따라 거슬러 올라가다 보면 결국 슬픔과 고독의 평원에 도달하게 될 것이다. 위로와 의지가 되지 않은 욕망은 약해지고 시들다가 사라져버릴 것이다.

계곡을 벗어나 짙은 어둠이 사라질 때가 되어서야 깨닫게 된다. 단 한 사람의 고독이 있을 뿐이라는 것을.

장대한 산의 낮은 산기슭에 서 있는 밤. 머리 위에 높이 솟은 산봉우리 저 너머에 영원한 별이 빛나고 있다. 뒤돌아보면 멀지 않은 곳으로 사라진 마을의 불빛들이 어지럽게 빛나고 있을 것이다.

외침, 비명, 웃음소리가 뒤섞여 있고, 자동차와 음악의 소음이 사람들의 요란함을 드러내고 있는 것 같다. 고독한 산중까지 울려 퍼지는 그 소음을 들으며 당신은 지금도 쾌락을 추구하고 있는 도시의 친구들을 떠올리게 될 것이다.

욕망과 쾌락에 빠진 도시. 욕망과 쾌락을 단념한 산.

두 세계 사이에서 침체된 산물, 홍분과 골칫거리의 산물을 떠올리지만, 마음은 이미 뒤로 남겨 온 세계에 흥미를 잃지 않는다는 것을 느끼게 될 것이다.

사랑을 대신해
사라지는 슬픔과 고독

고독한 휴식으로 한동안 슬픔에 잠겨 있을 때 자신을 억누르려 하는 감정에서 벗어날 수 있는 열쇠가 순간적으로 빛을 잃게 될 것이다. 그렇게 흐릿한 빛에 의존하며 사람들은 배워나가는 것이다.

삭막한 마음과 회한으로 가득한 혐오감이 옅어지면 온화함이 마음에 여유를 가져다줄 것이다. 조금씩 품기 시작하는 자비심과 배려의 감각도 살아날 것이다.

그 감각은 자기 자신을 완전한 존재로 전부 다 받아들이는 사랑으로 통하게 된다. 진실한 사랑은 마음에 그림자를 드리우는 일도 있을 수 있지만, 자신을 강하게 자극해서 움직이게도 해준다.

노력과 갈등 속에서 살아 있는 감각을 떠올리듯이 고독한 슬픔이 커다랗고 온화한 사랑으로 바뀌어 잊히고 지나쳐버린다는 것을 경험으로 배우게 될 것이다.

그 뒤로 당신은 사람의 운명도 나라의 운명도 현실 속에 감춰진 구조 속에 있다는 것을 깨닫고 그 규칙을 이해하기 시작한다.

트러블에 빠진 세계와 이기적인 자신을 초월함으로써 인생에 영향을 미치는 구조의 작용에 눈을 돌려 현실을 분석하고 이해할 수 있게 될 것이다.

그리고 이기적인 경쟁 때문에 세상의 트러블과 고뇌가 어떻게 발생하는지 깨닫게 된다.

그때, 세상을 대하는 마음의 자세가 일변하게 된다.

자신 속에 얼룩진 이기주의와 자기방어의 의식이 사랑과 배려로 바뀌며 당신이 살아가는 세계가 변하기 시작하는 것이다.

새로운 세계의 영향

경쟁주의의 어리석음을 깨닫고 남을 이기기 위한 노력을 멈춘 시점에서 사람들은 편견이 없는 생각과 상황에 따른 배려 있는 행위로 많은 사람들을 격려하고 공헌할 수 있게 된다.

이런 자세는 자신과 상대하고 있는 사람을 대할 때도 결코 허물어지지 않는다. 더 이상 자기방어 자세를 취하지 않아도 되기 때문이다. 그 결과 일상의 모든 일들이 바라던 대로 풀리게 된다. 이전에는 비웃던 친구들로부터도 존중을 받으며 사랑을 받는 존재가 될 것이다.

그리고 문득 자기중심적으로 살 때는 만날 수 없었던, 정신적으로 세련되고 고귀한 사람들과 접할 수 있게 된다.

이런 타입의 사람들이 여기저기서 찾아와 서로 힘을 합쳐 협력하는 관계가 퍼져나가게 될 것이다.

정신적인 유대감과 성실한 인간관계는 인생의 중요한 요소가 된다. 마음과 마음의 신뢰감이 슬픔과 고독을 초월하게 해줄 것이다.

더 이상 당신은 경쟁사회의 영향을 받는 일은 없을 것이다.

그 결과 실패와 커다란 불운, 트러블, 곤란 등의 역경에 빠지지 않게 될 것이다.

이것은 단순히 자신의 이기적인 부분을 극복했기 때문이 아니다.

자신의 문제와 사건에 대해 확실하게 파악하고 방향을 정해나가는 능력과 정신적 강인함을 키워온 덕분이다.

그러나 진보의 길은 그것으로 끝이 아니다. 앞으로도 계속 이어질 것이다.

‘의혹에 대한 충동’

주의 깊게 현실을 바라보며 인내하며 마음과 마주하는 훈련을 쌓아간다면 무지한 다툼의 세계에 되돌아가는 일은 없다. 마음의 빈틈을 채우기만 해주는 쾌락이 그리워지거나 이기적인 욕구가 마음을 사로잡는 일도 없을 것이다.

그러나 성장 과정에서는 위기와 난관에 봉착하기도 할 것이다. 이때, 갑자기 찾아드는 생각에 마음이 흔들릴지도 모른다. 그것은 바로 ‘의혹의 충동’ 이다.

‘평가에 대한 관심을 버릴 것’ 이라는 두 번째 관문으로 들어서기 전에 대부분의 사람들이 ‘의혹의 사막’ 에서 심한 마음의 갈등을 경험하게 될 것이다. 그리고 한동안 그 사막을 방황하게 된다.

실의, 우유부단, 자신감 상실, 우울한 사고가 두꺼운 구름처럼 감돌아 앞길을 방해하게 된다. 이전까지 느끼지 못했던 기묘한 두려움에 사로잡히게 될 것이다.

그리고 자신이 추구하고 있는 '지혜로 이어지는 길'에 의문을 품기 시작한다.

그런 자신을 유혹하기라도 하듯이 경쟁으로 인한 자극적인 흥분의 세계가 매력적인 치장하고 바라던 이미지를 보여줄 것이다.

"과연 나는 올바른 것일까?"

"이 길이 무슨 도움이 될까?"

"인생은 즐거움과 흥분과 경쟁이 있어야 진정한 인생이라 할 수 있지 않을까? 그것들을 버린다면 모든 것을 포기하는 것은 아닐까?"

이런 의문이 점점 마음속에서 들끓게 될 것이다.

"아무 의미도 없는 환영으로 인해 실질적인 것을 모두 희생하고 있는 것은 아닐까?"

"어쩌면 마음의 추구 따위를 하고 있는 내가 방황하는 바보이며, 제대로 즐길 줄 아는 주변 사람들이 훨씬 더 영리하고 의미 있는 삶을 살고 있는 것은 아닐까?"

따위의 의혹을 품기 시작한다.

‘의혹의 사막’에서 배울 수 있는 것

자신이 선택한 길에 대한 의문과 질문에 마음을 점령당한다면 ‘고민’에 빠지게 된다.

그러나 앞서 열거한 의혹을 품는 것은 인생의 복잡함을 깊이 추구하기 위해 필요한 과정이다.

영원의 원리-‘근본적인 구조’로 지켜지는 인생을 발견하기 위해 필요한 감각이 자신의 내면을 자극하고 있다.

‘의혹의 사막’을 방황하는 사이 당신은 망상을 만들어내는 의식의 난해함과 지적 관념의 세계를 접하게 될 것이다.

현실을 왜곡시키는 망상과 마음속으로 그리던 이상 사이에서 ‘현실과 비현실’, ‘환영과 망상’, ‘결과와 원인’을 구별하는 법을 배우게 된다. 그것이 ‘허무한 눈에 보이는 현실’과 ‘근본적인 구조의 영원한 진실’의 차이를 파악하는 것으로 이어진다.

‘의혹의 사막’에서 사람들은 모든 형태의 환각에 직면한다.

환각의 형태는 양식적인 것도 있는가 하면 사실과는 차이가 먼 추상적인 생각과 종교적인 생각으로부터 오는 것도 있다.

이런 환각은 사실을 확인하고 생각과 결합해서 완전히 형태를 파괴함으로써 자신의 분별력, 정신적인 깨달음, 목적의 확립, 마음의 평온으로 이어지는 지식과 능력을 높여준다.

그 결과 '잘못과 진실', '사고의 세계와 현실의 세계'의 차이를 정확하게 판단할 수 있게 되는 것이다.

올바르게 판단하는 힘을 확실하게 해나가는 동안 마음과 싸우는 자기 자신에게 무기를 제공하듯이, 마음이 만들어내는 환각과 망상으로부터 벗어나는 법을 배우게 된다.

그리고 '의혹의 사막'으로부터 진실을 명백하게 한 순간 안개는 걷히고 망상의 신기루가 사라지게 된다.

맑게 갠 눈앞에는 두 개의 통과점인 '평가를 버리는' 문이 기다리고 있는 것이 보일 것이다.

'욕구를 버리는' 문을 뒤로하고

두 번째 관문에 가까워지면 지금까지 걸어온 길의 끝이 자신의 발걸음으로 이어져왔다는 것을 확신할 수 있을 것이다.

당신이 지향하고 있는 최고의 절정이 살며시 엿보이게 된다. 전체적으로 위엄을 발산하며 가치 있는 인생의 신전이 눈앞에 떠오를 것이다.

당신은 이미 자신 속에 강인함과 환희, 평화를 느끼고 있을 것이다. 그리고 최고의 승리를 확신하기 위해 갤러해드(아서 왕 전설에 나오는 원탁의 기사 중의 한 명으로 성배를 발견함)와 함께 외치자.

성배여,
나는 궁극의 목적을 보았다.
저 멀리 숭고한 도시에서
나는 영예를 수여받을 것이다.

이제부터는 지금까지와 전혀 다른 극복의 과정이 시작된다.

당신은 지금까지 동물적인 욕구를 이겨내고 그 욕구의 힘을 약하게 만들고 감정을 단순화시키는 것을 배워왔다.

앞으로는 사고를 단순화해나가는 일이 시작된다.

지금까지의 과정에서는 주로 감정적인 부분을 이상적으로 조정해왔다. 이제부터는 생각을 이상에 따라 바꿔나갈 단계이다.

다음 단계에서 당신은 인생에서 처음으로 무엇이 영원불멸한 원리를 구축하는 것인지를 깨닫게 될 것이다.

정의가
'완벽한 인생'을 만든다

지금까지 추구해왔던 '올바른 길'의 올바름이란 시대가 바뀌더라도 여전히 바뀌지 않는 '정의'를 말한다.

정의란 사람들을 위해 편의를 꾀하지는 않는다. 그러나 사람은 정의의 정신에 도달하고 그것을 지키며 살아야 한다.

정의란 손인지 득인지, 상을 줄 것인지 벌을 줄 것인지를 판단하는 것과는 전혀 다른 가치관이다. 원래 올바름이란 표면적인 결과와는 아무런 관계도 없으며 공정한 판단에서 일탈하지 않은 행위의 '올바른 길'에 가로놓여 있다.

'정의'는 자신의 의식 속에 숨어 있는 욕망, 평가, 사욕 등 모든 인간적인 죄와 함께 자아(자기 자신)를 털어버리는 마음에 존재한다.

그리고 모든 사람에 대해 변함없이 완벽한 사랑을 보이는 청렴결백한 인생을 살아가는 마음에 '정의'는 존재한다.

'정의'에 근거한 삶— '올바른 길'은 안정적이고 완벽하다.

완벽한 인생에는 반복적으로 되풀이되는 일이나 기가 죽는 등의 변화는 일어나지 않는다. 또한 어딘가에 정체된 상태가 지속되는 일도 없을 것이다.

마음에 자극을 주는 인생의 변화가 없더라도 정의의 정신에 도달한 사람은 죄가 없는 완벽한 행위를 스스로 추구한다. 여기까지 도달하면 당신은 자신이 더 이상 주변으로부터 자극을 받을 필요가 없다는 것을 깨달을 것이다.

완벽한 인생이란 일상생활에 쫓기는 인생과는 상반된 곳에 있다.

두 번째 관문
'평가를 버리자'

사람의 마음을 흔들어 놓는 욕망과 욕구.

첫 번째 '욕구를 버리는' 문을 지나고 나면 천박한 욕구와 싸워 이길 수 있게 되어 마음이 이전보다 자유롭게 될 수 있다. 그러나 여기까지의 마음의 상태로는 아직 '자기중심적인 생각' 에 사로잡혀 있을 것이다.

또한 당신은 열망을 순수한 가치가 있는 것으로 바꾸어 올바른 마음의 자세를 깨닫기 시작했지만 그냥 무시하고 흘려보낼 수 없는 '가치관' 이 여전히 남아 있다.

자기중심적인 생각과 가치관이 완전히 마음을 물들게 했기 때문에 쉽사리 잘못을 깨닫지 못한다. 대부분의 경우 자신이 알고자 하는 진실과 근본적인 원리와 혼돈해서 받아들이고 있다.

이전과 비교한다면 경쟁과 다툼의 영향을 받는 일은 적어지겠지만 완벽하게 벗어났다고는 단정 지을 수 없다.

아직도 문득 '나는 옳고 상대는 틀렸다.' 라고 생각하는 일은 없는가? 혹은 자신과 생각이 다른 사람을 '정신적인 수준이 낮기 때문이다.' 라고 받아들여 '불쌍한 사람….' 이라며 거짓된 위로의 마음을 품고 있지는 않는가?

이런 상태는 '평가의 속박' 의 포로라는 증거이다.

이제부터 이런 속박에서 벗어나기로 하자.

먼저 마음에 남아 있는 '자기중심' 의 미묘한 감정을 깨달아야 한다. 그리고 마음에 생겨나는 고뇌가 자기중심적인 생각인지 상대를 배려하는 생각인지를 깨달아야 한다. 더 나아가 정신적인 가치가 높은 것을 마음속으로 쌓아나가야 한다.

이런 일들을 단계별로 진행하면서 경건하게 머리를 숙여 '평가에서 벗어나는' 두 번째 문을 통과하기로 하자.

자신의 생각에 사로잡히지 말 것

이제부터 어떤 색에도 물들지 않은 인간성이라는 옷으로 영혼을 감싸고 지금까지 당신이 소중히 여겨왔던 생각을 근본부터 뜯어 고쳐 나갈 것이다. 모든 에너지를 쏟아 부어 마음속에 있는 생각에 접근해 진실의 꿰뚫어보는 방법을 배우기로 하자.

진실은 오직 하나뿐이다. 그리고 진실은 결코 변하지 않는다.

그와 달리 진실이 아닌 것은 너무나도 많아 상황에 따라서 변해버린다. 미숙한 인간의 생각과 의견, 가치관에 일관성이 없는 것도 이 때문이다.

특히 선량함, 순수함, 배려, 사랑 등, 마음속의 소중한 것의 정의가 원래의 특성과 다를 가능성도 클 것이다.

사고와 접근 방식이 본질에서 벗어났을 경우, 그것은 근본적인 구조로부터 벗어난 것이 된다.

즉, 그런 사람은 진실의 원리 위에 서 있는 것이 아니라 자기 자신의 원리 위에 서 있는 것이다.

지금까지 당신은 자신의 독자적인 생각과 의견을 자신의 훌륭한 점이라고 여겨왔을 수도 있다. 또한 자신과 다른 생각을 가치가 없는 것이라 여기며 하찮게 여겼을 수도 있다.

그러나 앞으로는 자신의 생각을 고집하는 자세를 버려야 한다. 그리고 자신과 생각이 다르다고 해서 마음을 닫거나 공격하려는 마음 가짐도 버려야 한다.

자신의 고집에 사로잡힌 생각 그 자체가 아무런 가치도 없는 것이라는 것을 깨달아야 할 것이다.

완벽한 사랑에 기반을 둔 인생

'자신의 생각에 사로잡히지 않는다' 라고 하는 마음가짐은 순수함과 선량함으로 다가가는 것을 촉진시켜준다.

그것은 자신이 가지고 있는 모든 열망과 왜곡된 자기애를 교정하고 진실의 원리에 서서 인생을 구축해나가는 것이다. 진실의 원리로 통하는 원래의 순수함, 지혜, 배려, 사랑을 기반으로 한 정신을 키우고 지금까지와는 다른 새로운 삶의 방식을 키워나가야 한다.

'올바른 길' 을 가로막는 그 어떤 것에도 흔들리지 않는 정의의 옷으로 감싸인 마음은 빠르게 신성한 수준까지 상승하게 될 것이다.

그러나 아직 당신은 '열망하는 것의 무지함' 을 깨닫지 못했을 수도 있다.

또한 철학적인 말과 언어와 이론과 접촉해서 진리를 이끌어내야 한다고 배웠을 수도 있지만 추론의 영역을 초월하지 않으면 단순히 이해했다고 착각하고 있는 것에 불과하다.

추론에 기반을 둔 추상적인 생각은 실제로 고상하게 사는 것과는 차이가 있다. 그것은 오히려 자신의 성장을 방해하거나 진실을 꿰뚫어보는 눈을 왜곡시키는 경우도 있다.

자신이 좋아하는 방향의 의견과 억측을 만들어내는 생각은 하나씩 벗어버리자. 그렇게 되면 편견이 없는 진정한 사랑의 정신으로 살아가는 인생이 시작된다.

왜곡된 생각들을 필요 없는 짐처럼 벗어 던지고 독자의 가치관을 극복하게 됨으로써 맑은 정신이 더욱 커져나간다. 그러면 비로소 '진정한 자유' 를 깨달을 수 있다.

'진정한 자유' 를 깨닫게 되면 감사와 평화의 신성한 꽃이 마음의 토양으로부터 싹을 틔우게 된다. 인생도 환희의 멜로디에 맞춰 꽃피우게 될 것이다.

마음속으로부터 흘러나오는 음색이 퍼져나감에 따라 현실의 생활은 자신의 내면과 조화를 이루며 충실해져나간다.

이전과 같은 공포와 불안, 고통과 근심의 그림자는 마음속에서 사라진다. 쾌적한 생활에 필요한 것은 모두 자연적으로 손에 들어오게 될 것이다.

‘불멸의 원리’ 가
가져다주는 평화의 새벽

경쟁주의 법칙의 틀을 거의 완벽하게 벗어남으로써 사랑의 법칙이 당신의 인생에서 작용하게 된다. 일상적으로 일어나는 일들에서 경쟁과 트러블이 일어나지 않고 평화롭게 살 수 있을 것이다.

설령 당신이 비즈니스 세계에 있다고 하더라도 경쟁주의에 휘말리지 않고, 실질적인 일에서도 문제가 일어나지 않게 될 것이다.

여기서 보다 넓게 전체의 모습을 의식적으로 관찰해보기로 하자.

지금까지 쌓아온 지식과 편견을 버린 마음으로 이 세계와 인간성의 연관성에 대해 바라보게 된다. 사람들이 연관된 세상과 인생에서 일어나는 사건에 법칙이 질서정연한 결과를 초래하고 있다는 것을 깨닫게 될 것이다.

의식적인 관찰에 의한 ‘올바른 길’ 의 추구는 마음의 능력을 더욱 높이 개발해나갈 수 있다.

마음의 능력에는 강한 인내력, 정신적인 차분함, 무저항, 예언적인 통찰 등이 있다.

여기서 말하는 '예언적인 통찰' 이란 직감적인 예지를 말하는 것이 아니다. 이것은 인생전체에 영향을 주는 감춰진 원인과 거기서 발생하는 모든 일들과 결과의 관계를 있는 그대로 이해하고 현실적인 방향을 예측하고 인도하는 능력을 말한다.

앞서 열거한 마음의 능력이 유효하게 작용하는 생각은 경쟁주의의 생각을 훨씬 뛰어넘는다.

그 결과 폭력, 불명예, 비탄, 굴욕과 같은 고통과 두려움을 경험하지 않고 경쟁사회에 몸을 맡길 수가 있다.

능력이 진보함에 따라 이 세계의 형태를 만들고 있는 근본적인 구조- '불멸의 원리' 의 거대한 모습이 떠오르게 될 것이다. 그리고 그 원리와 균형이 잡힌 올바른 관계를 유지한 생각을 깨닫게 될 것이다.

'불멸의 원리' 와 조화를 이룬 인생에 더 이상 고뇌는 없다. 어떤 폐해도 접근할 수 없다. 언제나 변함이 없는 평화의 새벽이, 새로운 인생의 막이 열리게 될 것이다.

세 번째 관문 '자아를 버리자'

아직도 갈 길이 남아 있다. 그리고 마음도 아직 완벽한 자유를 얻은 것은 아니다.

이 단계에서 당신이 끝내고 싶다면 이 수준에 머물러도 상관없다.

그러나 여기서 끝을 내고 만다 하더라도 당신은 아마도 언젠가는 마음을 다잡고 마지막 골인 점을 향하게 될 것이다.

여기까지의 상태로는 아직 자아를 버리지 못한 상태이다. 자아란 자각과 의지를 가진 자기 자신으로서의 의식을 말한다.

자신이 사랑하는 자신의 존재와 자신이 소유하고 있는 것에 대한 독자적인 고집에 당신은 여전히 작게나마 고집을 갖고 있다. 개인적으로 좋아하는 것을 다 버리지 못한 것이다.

그런 부분도 이기적인 요소로서 다 버릴 수 있다고 생각하게 됐을 때 세 번째 통과점인 '자아를 버리는' 문이 보이게 된다.

이제부터 다가가려고 하는 것은 한줌의 어둠도 없는 총명한 빛이 그 어떤 것과도 비교할 수 없을 만큼 장엄한 빛을 발하고 있는 듯한 마음의 경지이다.

그곳을 향해 주저하지 말고 앞으로 나아가자.

마음의 훈련을 시작하면서부터 유혹의 목소리는 깊은 골짜기 속으로 사라졌다. 의혹의 먹구름은 이미 오래전에 걷혀버렸다.

확실한 걸음걸이로 구축해온 마음은 말로 형언할 수 없는 기쁨으로 가득 차고 신의 왕국을 지키듯이 우뚝 솟은 문에 가까이 와있다.

이기적인 마음의 부분을 모두 버리고 이 경지에 들어갈 자연스러운 동기만이 남겨져 있다.

그러나 그 동기조차 자신의 이익으로 이어지는 생각이라는 것을 깨달아야 한다.

문 앞에 걸음을 멈추면 어떤 목소리가 들려올 것이다.

"가지고 있는 것을 모두 버리고 가난한 사람들에게 주어라."

"그리고 하늘의 보물만을 갖도록 하라."

문을 통과하고 싶다면 그 목소리를 부정해서는 안 된다.

마지막 통과
과정을 지나 골인

마지막 관문을 통과한 당신은 장려한 빛 속에 완벽한 자유와 함께 서게 될 것이다. 욕구를 버리고, 평가하는 생각을 버리고, 자신이 추구하는 것조차 버리고, 자아를 버렸다. 그리고 마지막으로 '마음으로부터의 행복' 과 '올바른 길' 에 전념했다.

신성한 사람에게는 아무런 문제도 없다. 인내심 강하고, 너그럽고, 한결같다.

가야 할 여정이 길고 지루할지도 모른다. 아니면 너무 빠르고 짧을 수도 있다. 그것은 단지 1분의 정신적인 여정일수도 있고, 천년의 시간을 새겨야 하는 것일 수도 있다.

모든 여정은 탐색하는 사람의 신념과 신뢰에 의해 각각 달라진다.

수많은 사람들이 자신에 대한 신뢰를 하지 못한다면 마지막 골에 도달하지 못한 것이다.

그러나 자신을 믿지 않고 어떻게 올바른 길을 실현할 수 있겠는가?

완성의 가능성은 누구에게나 열려 있다.

'올바른 길' 에 들어선다는 것은 현실세계를 버리는 것은 아니다. 현실에서야말로 자신이 해야 할 일이 있는 것이다.

해야 할 일을 한결같이 이루어낸 경험을 통해서만 눈에 보이지 않는 고귀한 가치를 발견할 수 있다.

'독자의 법칙' 을 지금 당장 마음속에서 떨쳐낼 수 있다면 최고의 유산인 고귀한 진실에 이르게 될 것이다. 아무리 많은 시간이 걸릴지라도 도달할 수 있다는 것을 믿고 그것을 지향하는 모든 사람이 이루어낼 수 있는 길이다.

당신은 일상의 업무에 쫓겨 정신을 차릴 수 없을 만큼 바쁜 상황일지도 모른다. 그러나 확실하고 강한 의지로 이상적인 훌륭한 자신을 잃지 말고 완벽한 인생을 향해 매진해나가자.

모든 것은 자신속에 있다

4

행복에의 도착

ⓒ Photographer JeongJae Kim

Things do not change; we change.

사물이 변하는 것이 아니라 우리의 생각이 변하는 것이다.

Henry David Thoreau

'행동을 바르게 고치는 과정' 이 보편적인 가치로 인도한다

우리의 인생은 채워져 있다.
고통과 가난 속에 살고 있는 사람이 있더라도
천하고 비참한 사람이 있더라도
신이 자비롭다는 것을 잊어서는 안 된다.
-에드윈 아놀드(영국의 시인)

다툼과 경쟁의 세상에서 사랑의 세계로 향하는 길을 간단하게 표현하자면 '행동을 바르게 고치는 과정' 이다.

당신이 끊임없이 노력한다면 반드시 완성의 길로 들어설 것이다.

그러기 위해서는 자신의 내면에 있는 확실한 힘을 찾아낼 수 있도록 내면에서 끊임없이 반복되고 있는 원인과 결과를 깨달을 때까지 자신의 마음과 마주할 필요가 있다.

지속적으로 자신의 내면과 마주한다면 자신의 인생이 어떤 조건으로 법칙의 영향을 받고 있는지를 깨달을 것이다.

공정한 사랑에 기반을 둔 법칙이 자신의 마음의 조건으로 그 작용을 왜곡시킨다면 보편적인 가치에 준한 정당한 효과를 거둘 수는 없다. 다시 말해 행동을 바로하고 마음의 왜곡을 조정해나가는 경험을 통해 누구나 부정할 수 없는 '진실과 그 가치'를 이해하게 된다.

마음을
단순하게 먹어라

'법칙' 이라 불리는 모든 것은 일정한 조건, 특정한 원인에 의해 특정한 결과로 이어진다.

원인에서 결과가 발생하는 법칙은 마음이 필요로 하고 있는 것이 직접적으로 인생과 사회에서 일어나는 사건에 반영되는 힘으로 우리에게 작용한다.

그런데 독자적 조건이 본인의 마음속에 있으면 마음에 필요한 그 조건에 길들여져 왜곡된 결과를 초래한다.

독자의 조건이란 이기적인 사고와 행동을 말한다.

이를 스스로 극복해나간다면 이기적인 독자적 조건은 모습을 감추게 된다.

그렇게 이기적인 조건이 사라지게 되면 점차 마음이 멋대로 개입하여 추구했던 것이 마음에 있어 소중한 것, 자신의 마음을 풍요롭게 성장시켜줄 수 있는 것을 직접 추구할 수 있게 된다.

그렇게 해서 마음이 원래 바라던 것을 얻을 수 있게 된다.

'옳은 행동의 과정' 이란 원래의 마음과 걸맞지 않은 의식을 제거하여 마음의 구조를 단순화시키는 것이다.

마음을 단순화하는 작업은 자신의 본질을 '황금' 이라고 가정한다면, 마음속에 잠들어 있는 황금을 캐내는 것과 같다.

자신의 모든 생각을 체에 걸러 본질이 필요로 하지 않는 왜곡된 욕구와 욕망을 제거해나가야 한다.

'자신의 삶' 의 시작

마음을 단순화시킴으로써 해결이 어렵고 복잡해 보였던 것을 평범한 가치로 만드는 '근본적 구조' 로 떨어뜨려 본질적인 원인과 결과로 분석할 수 있게 된다.

그렇게 현실을 점점 간단하게 다룰 수 있게 된다.

'근본적인 구조' 는 몇 가지 보편적 가치를 바탕으로 하는 규칙으로 구성되어 있다. 그 모든 것은 '사랑' 으로 귀결된다.

자신의 생각이 진실한 사랑과 가까워질수록 마음은 평화의 경지를 향하여 골치 아픈 문제 때문에 괴로워하지 않는 원래의 자신의 능력을 발휘할 수 있게 된다. 그것이 '자기 자신의 삶' 의 시작이다.

이전의 당신은 꿈과 희망 등이 이루어지지 않을 것이라 포기하거나 괴로워할 뿐, 자유롭고 유연한 삶은 불가능하다고 여겼을지도 모른다.

그런 자신의 인생을 되돌아본다면 끔찍한 악몽에서 깨어난 것 같은 느낌이 들 것이다.

그러나 정신의 눈으로 주변을 자세히 돌아보면 과거의 자신처럼 살고 있는 사람들을 발견하게 될 것이다.

남녀 모두가 서로 경쟁하며 '행운의 손길' 이 무언가를 가져다주지 않을까 기대하고 있을 뿐이다.

탐욕을 버리기만 한다면 서로 상처를 입히는 일도, 모든 장애도 사라진다. 그리고 가슴속에 배려와 감사의 마음이 되살아나 긴 악몽에서 깨어날 수 있게 된다.

보편적 법칙과
조화를 이루며 살자

자신의 행동이 바른 초기 단계에서는 고독감에 사로잡혀 타인의 너그러움과 배려로부터 동떨어진 것 같은 느낌이 들지도 모른다.

그러나 그런 시기를 참고 자신의 변화한 모습을 보면 이전보다 훨씬 마음이 통하는 사람들과 함께하고 있다는 것을 깨닫게 된다.

그렇다. 본인이 먼저 배려함으로써 타인의 마음에 한 걸음 다가가는 것이다. 타인의 슬픔을 공감하고, 기뻐하면 함께 감정을 느낄 수 있게 되어 마음을 여는 관계를 구축하게 된다.

그리고 자신에 대해서만 생각하며 지내던 때와 달리 타인을 돕는 등, 본인이 할 수 있는 일을 하면서 스스로 기쁨이 커지고 온화한 기분이 든다는 것을 자각하게 된다.

너그러움과 사랑, 기쁨, 진실을 추구할 때는 실감할 수 없었던 것들이 놀라울 정도로 자신의 내면에 깊게 존재한다는 사실을 느끼게 될 것이다.

이러한 상태는 개인적인 편견과 선입견을 제거하고 '인격을 강조하지 않는 법칙'의 고귀한 특성만을 자신의 내면에 남겨온 결과라 할 수 있다. '인격을 강조하지 않는 법칙'이란 착각이나 혼자만의 고집이 끼어들 수 없는 이치에 맞는 공정함을 유지하는 것이다.

감정에 치우치지 않는 이성적인 고귀한 특성은 그 사람의 인격을 통해 삶의 자세로 드러난다.

자신을 방어하기에 급급함을 버리고 마음을 열면 분별력 있는 너그러움과 사랑이 싹튼다. 그리고 고귀한 법칙 속에서 사랑의 보호를 받게 되는 것이다.

고귀한 법칙과 협조하며 살아라. 그것이 보편적인 올바름과 사랑에서 벗어나지 않는 인생이라는 사실을 깨닫게 될 것이다.

자신을 버리면
전 세계가 '나'를 키워준다

본인에게 너그러움과 현명함, 그리고 사랑이 있다면 자신을 방어할 필요가 없어진다. 진정한 자신으로 사는 것, 흔들리지 않는 순수한 열정, 그 어떤 것에 대해서든 변하지 않는 정신, 그리고 무너지지 않는 균형을 갖춘 진실 속에서 사는 것.

이러한 본질적인 자신의 현명함과 사랑이 본인 스스로를 굳건하게 지켜준다.

또한 만족감과 행복감을 추구하며 즐거움을 찾아나설 필요도, 타인과 자신을 비교하며 경쟁할 필요도 없다는 것도 느끼게 될 것이다.

자신 전체를 참된 애정으로 인정하는 사람이 자신을 누구와 비교할 수 있겠는가?

타인에게 최선을 다해 헌신하면서 대체 누구와 싸우고 경쟁해야 한단 말인가?

행운의 원천을 잘 알고 있는 사람이 현실에서 보이지 않는 사람과 마음가짐이 다른 사람, 무조건 경쟁심에 사로잡힌 사람을 두려워 할 이유가 어디 있는가. 자신에게 필요한 것은 모두 가질 수 있는데 말이다.

마음속 자아(독선적인 자신)를 털어버리면 틀림없이 신성한 자신이 그곳에 있다. 그곳에 있는 자신이야말로 '사랑' 이다.

진정한 사랑과 그 사랑의 효용이 자신의 인생을 완성시켜준다.

행복을 구가하는 마음은 이런 말을 발산할 것이다.

나는 깊은 마음의 숙련자를 만났다.
최고의 법칙의 옷을 입고
훌륭한 진실의 영역에 발을 내디뎠다.
자유의 영역에 도달하면 유랑의 끝을 고하고
평화가 찾아와 고통도 슬픔도 자취를 감춘다.
일관된 통일성이 제시되면 혼란은 해소되고
명확한 진실이 잘못을 완전히 제거해줄 것이다.

고통은 사랑의 강렬한 세례

모든 조화를 꾀하는 '원리—근본적인 구조', 그리고 '정의—성스러운 사랑'을 발견하면 모든 것이 있는 그대로의 모습으로 보이게 된다.

그것은 독선적인 편견과 아집에 의한 착각의 안경 때문에 왜곡된 진실이다.

삼라만상, 이 세계의 모든 것이 하나밖에 존재하지 않는다. 그리고 하나밖에 존재하지 않는 모든 것이 보여주는 온갖 움직임은 '단 하나의 법칙'에 따라 발생한다.

지금까지 법칙을 '구조나 규칙'이라는 말로 바꾸거나 '높고 낮은 레벨'처럼 구별했던 것은 모두 '하나의 법칙'을 설명하기 위한 단 하나의 목적에 필요했기 때문이다.

이상적인 세계. 고민과 불안이 없는 행복한 환경—'고귀한 마음의 왕국'에 이르면 인생에 영향을 끼치던 힘이 단 하나의 '궁극의 사랑의 법칙' 이라는 것을 알게 될 것이다.

이 최고의 법칙 때문에 사람은 괴로워한다. 궁극의 사랑의 강렬한 영향력에 피해를 받기라도 하듯이. 그러나 그 고통이 마음을 세련되게 하고 현명하게 하여 고뇌의 씨앗인 '인간의 방자함' 을 버리게 해준다.

고뇌는 이기주의의 특효약과 같은 것

우리가 살아가는 이 세계에는 일정한 질서가 있고, 사랑을 기반으로 한 '사랑의 법칙' 위에 존재한다.

방자한 생각, 독선적인 생각, 자기 기준의 해석. 이기주의로 통하는 모든 것이 '사랑' 과는 대립된다. 때문에 이기적인 마음의 조건은 '사랑의 법칙' 을 무시하기라도 하듯이 정도에서 벗어나 모든 것의 흐름을 사랑과는 반대방향으로 만들어내는 힘으로 작용한다.

이러한 이기적인 생각과 행동이 끼치는 영향을 해소하기 위해 그 효력에 따라 엄밀한 고뇌의 대가가 본인에게 주어진다. 이 법칙이 세계의 조화를 유지하기 위해 필요한 것이다.

고뇌는 하나의 근본적인 법칙에 무지한 이기주의와 접촉하지 못하게 하기 위한 방해 대책과도 같은 것이다. 그리고 대가로 주어진 고뇌를 완화시키고 최종적으로 그 고통을 해소하기 위한 지혜를 밝히기 위한 수단이기도 하다.

인생에서 필요한 것은 자연스럽게 찾아온다

안심과 충족으로 가득한 현실- '고귀한 마음의 왕국' 에는 경쟁도 이기주의도 존재하지 않는다. 아니, 이기적인 마음이 아니기 때문에 괴로움도 속박도 느끼지 못하고 살 수 있는 것이다. 그곳에는 완전한 조화가 평화의 균형을 유지하고 있을 뿐이다.

'왕국' 과 같은 마음의 영역에 있는 사람은 무분별한 충동에 따라 움직이지 않는다. 사리에 맞게 옳은 판단을 하는 마음-고귀한 지혜에 따라 살고 있다.

그리고 그 마음의 본질이 사랑이라면, 모든 것에 관하여 사랑을 가지고 살 수밖에 없다.

이렇게 스스로 살아가는 것은 자기 자신이 인생 그 자체라는 것이 된다. 그 인생에서 삶의 문제는 결코 일어나지 않는다. 인생의 핵심인 인간으로서 가장 소중히 여겨야 할 삶을 살고 있기 때문이다.

그 덕분에 눈에 보이지 않는 것과 일들도 필요에 따라 힘 들이지 않고 얻는 것처럼 보인다. 손아귀에 들어오지 않을 것이라는 걱정도 없고, 손아귀에 넣고자 다투는 일도 없다.

그 사람에게 주어진 일을 실행하기 위해 일, 돈, 그리고 친구 등, 인생에 필요한 것들이 마치 부름을 받고 저절로 찾아오는 것처럼.

행복의 근본적인 요인은 '사랑'

고귀한 마음에 작용하는 법칙을 방해하지 않는다면 자신에게 필요한 모든 것이 합리적이고 정당한 과정을 통해 찾아온다.

필요한 돈과 지원은 언제나 누군가를 통해 받을 수 있다. 그 누군가가 고귀한 마음으로 살고 있는지, 고귀한 마음을 지향하고 하고 있는지 아닌지는 관계가 없다.

자신이 사랑의 삶을 사는 것만으로 인생에 필요한 것들이 찾아오는 것이다. 강한 자신의 '왕국' 에 살고 있는 사람이라면 다툼과 피해를 당하면서 요구를 충족시키는 것만으로 끝나고 말 것이다. 그러나 사랑의 법칙에 따라 살면 어떤 순간에도 어떤 문제도 없이 자신에게 필요한 것을 끌어들일 수 있다.

원인(요인)이 바뀌면 결과 또한 바뀐다. 결과를 바꾸기 위해서는 근본적인 원인(요인)을 바꿀 필요가 있다. 이 구조는 인생에서도 작용하고 있다. 마음의 근본적인 요인이 바뀌면 마음이 받아들이는 것도, 인생의 사건으로 벌어지는 것들도 변화를 보이게 된다.

모든 문제와 고난의 근본적인 원인은 마음속에 살고 있는 바로 자기 자신이다. 그런 자신의 생각에 얽매이지 않는 진정한 '사랑'의 정신이 평화와 기쁨의 근본적 요인이다.

불멸의 요소를 마음속에서 키우자

'마음의 왕국' 에서 안심하고 평화롭게 살 수 있는 사람은 물질적, 금전적 소유물에서 행복을 추구하지 않는다. 무언가를 소유한다는 것을 일시적 결과로밖에 여기지 않기 때문이다.

돈이나 옷, 음식과 같은 것은 단순히 인생의 부속품, 혹은 현실적인 효과로밖에 여기지 않기 때문에 그런 것들에 집착할 필요가 없다.

그 결과, 행복을 그림으로 그린 듯이 사랑 속에서 잠들고 문젯거리와 걱정거리로부터 자유롭게 살 수 있다. 또한 사념과 사욕이 없는 순수함, 배려, 지혜, 사랑과 같은 것은 불멸의 요소이다. 이러한 가치가 변하지 않는 요소를 마음에 품고 있다면, 사람은 멸망하지 않는다. 안정감이 충만한 삶을 살고 있는 사람은 마음에 품은 것 자체가 계속 남아 있는 한 본인 또한 멸망하지 않는다는 것을 잘 알고 있다. 그것은 최고의 신과 함께 있는 것과도 같다. 신과 하나가 된다는 것은 이 세상의 불멸의 요소를 마음속에 품고 사는 것이다.

비난을 멈추면
행복의 요소가 드러난다

현실을 자세히 들여다보면 그곳에는 비난의 여지가 없다. 무언가를 얻는다는 현실적 움직임은, 비록 불운을 초래한다고 하더라도 선량한 법칙의 도구가 작용하고 있는 것처럼 보인다.

그리고 많은 사람들이 보다 높은 것을 실현하지 못한 채 무지하고 무력하다고 하더라도 사람의 행위는 모두 현실에 작용하는 힘을 가지고 있다.

불행이라 불리는 것은 모두 무지에서 비롯된다. 설령 진중하고 훌륭한 행위처럼 보이더라도 불운을 맞이하게 되는 것은 소중한 가치와 목적에 대한 무지 때문이다.

다시 말해 자신의 무지는 제쳐두고 무언가 비난할 수 있는 여지는 이 세상 어디에도 없다. 자신의 불행을 타인과 상황의 탓으로 돌리며 비난만 한다면 사랑과 배려가 자취를 감춰버린다.

사람은 누구나 스스로 그 본질을 깨닫지 못하고 있다고 하더라도 본래 신성한 존재이다.

타인과 상황에 대하여, 그리고 자기 자신에 대해서도 비난할 마음이 사라지면 행복의 요소-신성한 존재가 갖추고 있는 사랑과 배려가 마음속에 되살아날 것이다.

높은 마음의 사명

당신은 '행복하고 편안해지고 싶다.' 라고 생각하지 않는가?

행복한 생활을 '편하고 태만한 생활' 이라고 생각하는 사람이 있을 수도 있지만, 그것은 매우 큰 착각이다. 편안함을 추구하는 안이함과 태만함은 제일 먼저 마음속에서 털어버려야 할 숙제이다. '고귀한 마음의 왕국' 사람들은 평화로운 활동 속에서 살고 있다.

대부분의 사람은 불안과 공포가 공존하는 '자신의 생활' 덕에 살고 있다. 그러나 그것이 '진정한 인생' 이라 할 수 있을까?

'저걸 하고 싶다.' '이걸 하고 싶다.' 라고 주장하기보다 먼저 자신의 의무를 성실한 근면함으로 다해야 한다. 그리고 자신의 힘과 능력을 그것을 위해 활용한다. 이러한 것들을 정력적으로 진행한다면 올바름이 정착된 정신은 타인의 마음에도 주변 세계에도 확산돼 크게 쌓여갈 것이다.

먼저 모범을 보이고 이해를 구하라. 그것이 평화로운 활동을 살아가는 사람들의 사명인 것이다.

가진 모든 것을 가난한 사람들을 위해 나눠주고 사랑이라는 이름의 구세주를 따르라. 소유물과 재산의 이익을 모두 버리고 가난하고 피로에 지친 실의에 찬 정신에 지혜와 사랑과 평화의 풍요를 구축하라.

이러한 정신의 마음에 슬픔은 사라지고 기쁨은 끊이지 않는다. 세상이 고뇌로 가득하더라도 누구에게나 준비된 궁극의 기쁨과 영원한 사랑의 보호 속에 최후에는 구원을 받을 수 있다는 것을 알고 있기 때문이다.

'올바른 길' 을 사는 사람의 특성

어떤 마음으로 살고 있는지는 그 사람의 삶의 방식에 드러난다.

사랑, 기쁨, 평화, 강한 인내심, 배려, 선량함, 성실함, 순수한 온화함, 자제력, 자율성. 이러한 정신의 과실이 마음속에 있다면 그 어떤 역경이나 파란도 그 사람을 통해 드러난다. 그러한 마음에 분노, 두려움, 의혹, 질투, 변덕, 불안은 전혀 없다.

'정도' 를 사는 사람의 특성은 손아귀에 넣기보다는 나누는 것에 가치를 두는 정신이다. 대부분 사람의 입장에서 보면 어리석어 보일지도 모르지만, 언제나 무언가를 얻고자 하는 마음의 정반대의 정신이 어떤 상황에서도 그 특성을 드러낸다.

그런 정신은 권리를 요구하고 자기주장을 하지 않는다. 물론 보복 따위는 생각조차 하지 않는다. 자신에게 상처를 준 사람에게도 선의를 보여준다. 설령 방해나 공격을 받더라도 마음가짐이 흐트러지지 않고 동료를 대하듯이 접할 것이다. 또한 타인을 평가하거나 누군가를 원망하고 조직과 사회를 비난하는 일도 없다.

'정도'를 사는 사람은 무슨 일이든 온화한 마음의 특성을 드러내며 평화롭게 살아간다.

모든 사람의 마음을 이어주는 '이상적인 왕국'

'이상적인 왕국' 이란 깊은 신뢰와 최고의 지식, 그리고 완전한 평화의 세계이다. 모든 것이 아름다움의 조화처럼 너그러움과 온화함 그 자체이다.

초조와 언짢음, 거친 말은 필요 없다. 그곳은 의심과 갈망, 마음을 어지럽히는 것이 침입할 수 없는 장소이다.

왕국의 자식들은 관해한 관용의 너그러움 속에 살고 있다. 배려를 말과 행동으로 표현하며 서로를 위해 최선을 다한다.

그런 이상적인 왕국은 모든 사람의 마음속에 구축할 수 있다. 마음에 왕국을 구축하는 것, 이것이야말로 자신의 유산이다.

마음의 유산을 구축하는 것이야말로 왕국에 들어가는 것이다. 그 어떤 죄도 일체 가지고 들어갈 수 없다.

생각과 행위가 바뀌지 않는다면 황금의 문을 통과할 수 없다. 비겁한 욕망으로 눈부시게 아름다운 빛줄을 더럽혀서는 안 된다.

바란다면 누구라도 들어갈 수 있다. 단, 그러기 위해서는 대가가 필요하다. 무조건 자기 자신을 놓아야 한다.

누구나 부족함이 없이 가지고 있다

'당신이 완전해지고 싶다면 가진 모든 것을 나눠 주어라.'

이 말에 세상 사람들은 아쉬워하며 등을 돌린다. 이것이야말로 큰 풍요를 누릴 수 있는 방법인데도 말이다.

유지하지도 못하는 막대한 돈. 벗어날 수 없는 공포, 탐욕으로 인한 이기적 사랑, 가능하다면 피하고 싶은 고통스러운 이별.

쾌락을 추구하는 욕구, 고통과 슬픔, 경쟁과 다툼, 자극과 재난. 풍요라 할 수 없는 것은 전부 풍성하다.

풍요에서 부족한 것은 '마음의 왕국' 밖에서는 찾을 수 없다. '왕국' 밖은 무지와 파멸에 관한 것은 얼마든지 있지만 인생을 밝게 비춰줄 것은 결여돼 있다.

'이상의 왕국' 을 실현하고자 한다면 대가를 치러야 한다. 스스로 할 수 있다고 순수하고 뜨겁게 스스로를 믿는다면 지금까지 자유를 참고 집착해온 자아의 틀을 스스로 깰 수 있을 것이다.

만약 자신이 없다면 천천히 자신을 극복해나갈 것이다. 그럼에도 일상의 노력과 인내는 '이상적인 왕국'으로 당신을 가까이 데려가 줄 것이다.

'정의의 사원' 과
'이상의 왕국'

'정의의 사원' 에는 네 개의 벽이 있다.
순수, 지혜, 배려, 사랑.
이 벽은 네 개의 진리이다.
그리고 평화의 지붕이 있고, 흔들림 없는 바닥이 있으며
입구는 대가가 없는 의무이다.
떠다니는 대기는 영혼,
흐르는 음악은 환희의 조화이다.

그것을 흔들 수는 없다.
그것은 영원히 파멸하지 않는 존재이다.
내일을 걱정하며
자신을 지키는 법을 찾을 필요가 없다.

'이상의 왕국' 은 마음속에 구축된다.
생활에 필요한 것을 얻기 위해
머리가 아플 필요가 없다.
최고의 것을 찾는다면
모든 것은 결과로 따라온다.

살아남기 위한 싸움은 끝났다.

영혼과 마음, 그리고 생활에 필요한 것은
풍부한 세계가 매일 나누어줄 것이다.

나는 오랫동안 찾아 헤맸다.
솔직하고 겸허한 최고로 신성한 영혼을.

사람들의 문제로 괴로워하면서
고요한 슬픔 속에 그것을 찾아
고통과 나약함의 무게로
온화한 그 힘을 헛되이 추구했다.

실패를 거듭하며 수 없이 찾아 헤맸지만

그것은 어디에도 없었다.
불안과 의혹과 비탄에 잠긴 나.

그럼에도 어딘가에
환희가 기다라고 있다는 것을 알고 있다.
찢기고 비탄에 젖은 내 가슴도
기쁨이 어디선가 기다리고 있다는 것을 느끼고 있다.

이윽고 나는 깨달았다.
어떻게 그것을 찾을 수 있는지를.

죄에서 벗어나 문제를 등지면
최후에는 사랑이,
최고의 평안으로 들어갈 수 있다는 것을.

증오, 조롱, 비난에 내가 추구하는 영혼은 매도당했다.
신전은 더럽혀지고
나는 어디로, 어디로 가야 한단 말인가.

기도, 소망, 추구, 호소

추락하는 괴로움, 슬퍼하면서 나는 찾아 헤맸다.

깊은 지옥 속에서 무작정 더듬으면서.
나는 끝없이 찾아 헤맸다.

이윽고
나를 둘러싼 어둠의 힘이 시들고
차분한 고요가 나를 맞아주었다.
줄곧 생각해왔던 신성한 생각으로.

의심을 버렸을 때
내 안팎으로 어둠은 자취를 감췄다.

그리고 장엄한 빛 속에서 나를 발견했다.
상상해 왔던 완전한 존재를.

그렇다, 신성한 영혼.
아름답고 순수하며 허영이 없는 깊은 정신을
나는 찾아냈다.

기쁨과 평화, 그리고 감사를 깨닫고
그 안녕의 집에서 그것을 찾았다.

사랑과 유순함 속에서 강함을 깨달은 나에게서
고통도 슬픔도 나약함도 떠나버렸다.

그리고 나는
축복으로 다져진 길을 걷고 있다.

에필로그

절대로 꺼지지 않는 빛

서로 다른 수많은 의견과 이론이 있고 그것들의 생존경쟁에 휘말리게 되면 진리를 추구하는 사람은 길을 잃고 방황하게 된다. 대체 어디로 가야 영원한 평안으로 이어지는 길을 발견할 수 있을까? 무엇을 의지해야 불안정과 변화의 슬픔으로부터 벗어날 수 있을까?

쾌락을 추구하면 평안을 얻을 수 있을까? 쾌락 그 자체는 나쁘지 않을 것이다. 그러나 목표, 혹은 의지로 삼을 것으로서 쾌락은 아무런 도움도 되지 않는다. 그리고 쾌락만을 추구하면 인생의 괴로움을 증폭시키는 것만으로 끝나고 만다.

쾌락만큼 허무한 것이 또 있을까? 또한 찰나의 쾌락을 통해 만족감을 얻으려는 마음처럼 공허한 것이 있겠는가? 그러므로 쾌락 속에는 영원히 의지할 곳을 찾을 수는 없다.

부와 세속적인 모든 성공과 평안을 얻을 수 있을까? 부와 세속적인 성공이라는 것도 나쁜 것은 아니지만, 그것은 변화무쌍하고 불확실한 재산이다. 그런 것만을 추구하는 사람은 수많은 근심거리와 괴로움으로 고민하게 될 것이다. 호화스럽지만 부서지기 쉬운 주거지에 역경이라는 비바람이 불어왔을 때, 그 사람은 무력하게 벌판에 내던져진 상태라는 것을 깨닫게 될 것이다.

설령 평생 동안 재산을 유지할 수 있다고 하더라도 죽음의 순간이 되어 무슨 만족을 얻을 수 있겠는가? 그러므로 부와 세속적인 성공은 영원히 의지할 대상이 아니다.

건강만하다면 평안을 얻을 수 있을까? 건강은 나름대로 중요하다. 그리고 건강은 포기하거나 가볍게 여길 수 있는 것이 아니다. 그러나 건강이란 죽을 운명인 육체에 대한 것이기 때문에 언젠가 사라지고 만다. 설령 100년을 건강하게 유지할 수 있다고 하더라도 육체의 에너지는 쇠락하여 눈에 보이게 쇠약해질 때가 찾아온다. 건강은 영원히 의지할 대상이 아니다.

진심으로 사랑하는 사람들은 의지할 수 있을까? 사랑하는 사람들은 그 사람의 인생 속에서 중요한 위치를 차지하고 있다. 그리고 타인에게 이익을 나눠주는 훈련 대상이 되어주기 때문에 진리에 도달하기 위한 수단이 된다.

깊은 애정으로 사랑하는 사람들을 소중히 여기고 자신보다는 사랑

하는 사람에게 필요한 것이 무엇인지를 생각하기도 할 것이다. 그러나 언젠가 이별의 순간이 찾아온다. 그리고 한 명도 남지 않게 된다. 사랑하는 가족은 영원히 의지할 대상이 아니다.

온갖 경전을 통해 평안을 찾을 수 있을까? 경전은 중요한 위치를 차지하고 있다. 인생의 길라잡이로서 매우 훌륭하다. 그러나 의지할 수 있는 대상은 아니다.

경전을 암기했다고 하더라도 마음속에 갈등이 있거나 불안이 남아 있을지도 모른다. 세상에 널리 퍼져 있는 이론은 계속해서 변화하고 있다. 그리고 원전의 해석은 너무나도 다양하고 끝이 없다. 경전은 영원히 의지할 대상이 아니다.

온갖 지혜에서 평안을 찾을 수 있을까? 지혜는 중요한 위치를 차지하고 있다. 그리고 길라잡이로서 많은 도움을 줄 것이다.

그러나 지혜는 수없이 많고 서로 차이도 많다. 설령 선생님이 진리를 알고 있다고 하더라도 그 사람 또한 언젠가 사라진다. 지혜는 영원히 의지할 대상이 아니다.

독거의 삶은 평안을 찾을 수 있을까? 독거는 그 자체가 훌륭하며 필요한 것이다. 그러나 영원한 의지 대상으로 독거를 추구한다면 물이 없는 사막에서 목이 말라 죽어가는 사람처럼 되고 말 것이다.

혼잡한 인파와 도시의 소음에서 벗어났다고 하더라도 자기 자신으로부터 벗어날 수는 없고, 마음의 불안으로부터도 벗어날 수 없을 것이다. 독거는 영원한 의지 대상이 아니다.

그렇다면 쾌락에서도, 성공에서도, 건강에서도, 벗들에게서도, 경전에서도, 지혜에서도, 독거에서도 의지할 대상을 찾지 못한다면 영원한 평안을 얻을 수 있는 성역을 찾기 위해서는 어디로 눈길을 돌려야 하는 것일까?

옳은 것에서 의지할 대상을 찾아야 한다. 정화된 마음이라는 성역을 향해 달려가야 한다. 죄 없는 맑은 인생의 길로 들어가 담담하게 인내심 강하게 나아간다면 이윽고 자기 자신의 마음속에 있는 진리라는 이름의 영원한 신전에 도달하게 될 것이다.

진리 속에서 의지할 대상을 찾은 사람은 현명한 이해와 사랑으로 가득한 확고한 마음속에서 의지할 대상이 있지만, 쾌락이 찾아오거나 고통이 찾아오더라도 변하지 않는다. 부자든 가난하든 간에, 성공하였든 실패하였든 간에, 건강하든, 병이 들었든 간에, 친한 사람이 있든 없든 간에, 독거의 삶이든 혼잡한 인파 속에 있든 간에 변하지 않는다. 그리고 경전과 지혜에도 의존하지 않는다. 진리의 본질이 직접 가르쳐주기 때문이다.

그리고 두려워하거나 슬퍼하지 않고 모든 것에 존재하는 변화와 쇠락을 인식할 수 있게 된다. 이 때, 길을 찾는 사람은 평안을 찾아 영원한 성역에 들어갔다고 할 수 있다. 다시 말해 영원히 꺼지지 않는 빛을 발견하게 된다.